Du même auteur :

2007 : La Reconstruction : une histoire de famille
Editions Charles Corlet Caen
Réédition en 2017
Editions Edilivre

2016 : La voyante de la rue Dauphine (Nouvelles)
Editions Edilivre

2017 : 20 ans à France Greffe de Moelle
En collaboration avec le Docteur Colette Raffoux

Annick Garnier

Lautrec, un amour empêché

Roman

Edilivre

Cet ouvrage a été composé par Edilivre

194, avenue du Président Wilson – 93210 Saint-Denis
Tél. : 01 41 62 14 40 – Fax : 01 41 62 14 50
Mail : client@edilivre.com
www.edilivre.com

Imprimé en France
Texte intégral

Dépôt légal.

ISBN papier : 978-2-414-53721-1

« L'histoire est un roman qui a été, le roman est une histoire qui aurait pu être »

Edmond de Goncourt

Première partie

1893-1896

Introduction

Albi Janvier 1896

De l'hôtel du Bosc à la gare d'Albi, le chemin n'est pas bien long.

Blottie dans sa voiture glacée, Adèle a froid, sa gorge est serrée et elle ressent intensément sa tristesse et son angoisse de mère, toute Comtesse de Toulouse-Lautrec née Tapié de Celeyran qu'elle soit.

Du coin de l'œil, elle observe son fils, son Henri adoré qui est le centre de sa vie. Une fois de plus, il va la quitter pour retourner à Paris, peindre, dessiner mais aussi trop boire, trop fumer, manger n'importe quoi et fréquenter n'importe qui.

Pour quelques instants encore, il est là, tout près d'elle, assis tranquillement avec son éternel chapeau noir sur la tête ; elle, attendrie, observe son profil qu'elle trouve encore presque enfantin avec ses lèvres très rondes qui font saillie entre moustache et barbe frisée et ses mèches noires qui s'échappent en désordre sur son front.

La voiture s'immobilise, Henri se tourne vers sa mère et l'embrasse :

« Ne descendez-pas Maman, je vous en prie, vous prendriez mal ».

Adèle lui sourit « Donne des nouvelles dès ton arrivée ! ».

Il descend lentement en s'aidant de sa canne, fait le tour de la voiture, donne une petite tape amicale aux deux chevaux, dit au revoir au cocher :

« Rentrez vite Louis, ma mère a froid, merci, à bientôt ».

Adèle voit sa silhouette minuscule cahoter vers la gare, son petit bagage traînant presque par terre et les larmes lui montent aux yeux comme à chaque fois qu'il la quitte.

Henri s'en va ; il a 31ans et encore cinq années à vivre.

Il les emploiera à dessiner, à peindre des toiles qui figureront dans les plus prestigieux musées du monde, à rencontrer les grands artistes de cette fin du 19ème siècle et à vénérer « sa pauvre sainte femme de mère », qu'il aime et respecte plus que tout.

Il revivra aussi, intensément et jour après jour, sa rencontre avec la femme inaccessible dont il est tombé éperdument amoureux, trois ans plus tôt, sur cette même ligne de train.

Ce qu'il ne saura jamais – ou alors seulement dans une autre vie – c'est que le portrait qu'il a fait d'elle connaîtra le plus curieux des destins puisqu'il faudra plus d'un siècle et la volonté d'une autre femme pour qu'il puisse enfin émerger dans la lumière.

I

Il pleut à verse. Henri se hâte autant qu'il le peut, traverse le trottoir pour atteindre l'une des ouvertures arrondies qui donnent accès au hall de la gare.

Il s'est retourné pour envoyer un dernier signe affectueux à sa mère et n'a même pas eu à pousser la porte vitrée. Paul, le chef de gare, qui l'a vu arriver, l'a fait pour lui :

— Bonjour Monsieur Henri, quel temps affreux !

— Bonjour Paul, c'est l'hiver que voulez-vous ! Le train est à l'heure ?

Henri, souriant, échange quelques mots avec cet homme qu'il connaît depuis toujours et qui fait partie des personnages immuables de sa vie comme Louis le cocher ou Joséphine, la cuisinière de sa mère.

Avec sa moustache, sa casquette réglementaire et son physique passe-partout, Paul a la tête de l'emploi. Engagé en 1864, à vingt ans, par la Compagnie du chemin de fer de Paris à Orléans dans cette gare d'Albi qui venait juste d'être créée, le petit bonhomme bienveillant a connu tous les postes, passant du nettoyage de la gare au contrôle des tickets, du maniement des aiguillages à la vente des billets. Il a tout fait, tout appris d'un poste à l'autre et progressivement, il est passé de petit employé à responsable de tout, puisqu'aujourd'hui, c'est lui le patron de la gare.

Paul n'est pas là juste pour gagner sa vie et n'est pas non plus, comme bien d'autres, un amoureux des machines à vapeur toujours plus puissantes, un obsédé du cri de la locomotive, du cliquetis des rails et de l'odeur des wagons.

Ce qu'il préfère, ce sont les gens. Les voyageurs familiers ou inconnus, les tranquilles à l'heure, les angoissés en retard et même les désespérés qui ratent leur train et implorent qu'on leur trouve une solution. Paul, au fond, est un humaniste, un philosophe. Jamais, il n'a envisagé de demander une autre affectation, de changer pour aller ailleurs ou obtenir la vraie promotion à laquelle il pourrait prétendre mais qu'il n'a jamais souhaitée parce qu'il n'en voit pas l'intérêt. Ici, il est chez lui, connaît tout le monde, à commencer par la famille Toulouse-Lautrec dont le fils aîné Henri qui vient d'entrer dans sa gare, est justement né l'année même où il a commencé à y travailler.

Il l'a connu gamin, petit lutin joyeux qui se cachait derrière les bancs de la salle d'attente et multipliait les farces avant de se jeter dans les bras de sa mère. Puis il a été le témoin des catastrophes qui ont accablé la famille, la mort du petit Richard, le second fils, qui n'a vécu qu'un an et les accidents successifs qui ont stoppé la croissance d'Henri jusqu'à en faire un « nabot », un « Monsieur Cloche-pied » comme il se surnomme lui-même.

Lorsqu'on quitte le froid et la rue trempée, l'intérieur de la gare est presque douillet. Elle a été bien conçue pour que les voyageurs attendent leur train confortablement et dans la salle d'attente vitrée, un poêle en fonte diffuse une douce chaleur qui, en dépit ou à cause de l'heure matinale, en incite beaucoup à somnoler.

Henri remercie Paul qui, toujours prévenant, l'a accompagné, s'assure que sa famille est en bonne santé. Civilités accomplies, Henri peut s'asseoir sur un banc à côté d'une dame qui regarde de haut ce petit homme singulier. Il a posé son sac de voyage, ouvert légèrement son manteau. Il se cale contre le dossier et observe le mouvement des voyageurs dans ce décor qu'il connaît par cœur.

Le trajet Albi-Paris ou l'inverse, il l'a fait cent fois, à toutes les heures, en toutes saisons, souvent seul, parfois avec sa mère ou son inséparable cousin Gabriel Tapié de Celeyran qui étudie la médecine à Paris. C'est long, plutôt inconfortable même en première classe mais chaque fois, c'est un moment qu'il apprécie incroyablement et dont même, il se réjouit à l'avance.

Avec l'expérience, il s'est organisé pour donner à ces heures de solitude et de relatif silence non seulement un contenu mais presque un programme de réflexion. « J'y penserai dans le train », « Je déciderai en allant à Albi » se dit-il souvent avant le départ. Et c'est vrai que, maintes fois, c'est dans le train en toute tranquillité, qu'il a fait avancer sa réflexion et pris des décisions à condition qu'il ne dorme pas pendant toute la durée du voyage pour récupérer un peu de la fatigue de ses nuits blanches ! Encore faut-il aussi qu'il réussisse à contenir son impulsivité ce qui est loin d'être toujours le cas car chez lui, tout le monde le sait, c'est elle qui domine et le pousse à agir trop vite !

Aujourd'hui, l'ordre du jour est chargé et le voyage un peu spécial puisqu'il a prévu une escale à Limoges pour passer la soirée avec Maurice Joyant, son ami presque frère, qui justement avait à faire dans la ville au moment où Henri y passerait. Ils se sont donc combinés une soirée tranquille à *l'Hôtel de Paris* en face de la gare.

Mettre au point le détail de l'exposition programmée dans la galerie que dirige Maurice est sa priorité mais il sait bien que son ami va le relancer pour cette histoire de livre de cuisine qu'il a en tête et pour lequel il lui a demandé son concours comme pourvoyeur de recettes, testeur et illustrateur !

Il doit réserver aussi un bon moment pour réfléchir à la Revue Blanche, la publication des frères Natanson à laquelle il collabore depuis déjà quelques années. Plusieurs thèmes à ce propos, les illustrations des prochains numéros de la revue mais aussi la grande fête qui se prépare, avec lui-même dans le rôle du barman en chef, ce qui implique la confection de cocktails nouveaux pour lesquels il a plusieurs idées ainsi qu'un costume de circonstance à mettre au point. L'année dernière, il avait officié dans une tenue blanche impeccable complétée par un gilet aux couleurs du drapeau américain. Pour la circonstance, il n'avait pas hésité à raser ses cheveux et avait servi des cocktails incendiaires que ceux qui les ont bus ne sont pas près d'oublier.

Pour la prochaine fête, il doit trouver autre chose mais frapper fort !

Comme toujours, dans ce train comme ailleurs, il pensera aux femmes.

Il n'aime rien autant que les femmes, elles l'ont toujours obsédé. Sa curiosité de leur corps et de leur cœur est insatiable, sa quête de leur attention et son espérance de leur tendresse, jamais satisfaites.

Tout l'intéresse de ce qui les concerne. Leur attitude, leur peau, leurs odeurs, leurs tenues. Qu'il s'agisse du tissu et du modèle de leurs robes, de la forme de leurs chapeaux, du dessin de leurs bottines, de la douceur de leurs manchons, il veut tout voir, tout toucher. Leur chevelure aussi est d'une importance absolue ! Ce sont les rousses qu'il préfère depuis toujours mais seulement les rousses vraies, les authentiques avec lesquelles il n'y a pas le risque d'une tromperie. Découvrir qu'il y a des poils noirs ou une teinture qui s'estompe le met en fureur pour des heures ; mauvais perdant, il n'aura aucun scrupule à le raconter partout !

Des femmes dans sa vie, il en a de plusieurs sortes. Les prostituées avec lesquelles il aime vivre et qui lui font du bien, les danseuses pour travailler, rire et boire, les ouvrières et les boutiquières pour leurs gestes et leur façon de bouger, les bourgeoises qu'il rencontre avec les uns ou les autres. Toutes peuvent devenir ses modèles ou, quand elles veulent bien accepter ou qu'il les paye, ses maîtresses. De ses recherches, ses rares succès ou ses échecs, il ne se lasse jamais. L'aventure est permanente, elle tourne plus souvent mal que bien mais elle existe et il ne peut pas s'en passer !

Immobile dans la salle d'attente, un peu engourdi par la bonne chaleur, il n'en est pas à prendre des décisions ni même à réfléchir sérieusement. Il commencera à travailler lorsqu'il sera installé dans son compartiment pour cette première partie du voyage, Albi-Montauban, à peine quatre-vingt kilomètres mais pas loin de deux heures de train avec de nombreux arrêts.

Bientôt, il entend Paul qui annonce que le train est à l'heure ; on va embarquer. Les voyageurs sortent de leur torpeur, Henri comme les autres.

Il se lève, ferme bien son manteau, saisit son sac de voyage et se dirige vers le quai, humide, froid et noir car le jour n'est pas encore levé. Il se prend à espérer que le compartiment ne sera pas glacial ce qui n'est pas certain, loin de là.

Très vite, il voit le panache de fumée blanche de la locomotive, entend le fameux sifflement si cher aux amateurs, le crissement des roues et la machine s'immobilise. Son compartiment est proche. Il se presse autant qu'il peut, s'accroche à la petite rampe, ouvre la porte et se hisse à l'intérieur. Effectivement, il y fait froid mais très vite il est rejoint par d'autres voyageurs ce qui, pour la température, est plutôt un avantage !

Il s'est calé dans son coin, près de la vitre, et observe discrètement ses compagnons de voyage. Un couple d'Albigeois, la cinquantaine rondouillarde, et une vieille dame seule emmitouflée dans une superposition de châles. Il ne connaît personne et tant mieux car il appréhende les conversations de train sur les sujets éternels que sont le climat, la politique et la vie chère. Au départ d'Albi, souvent les gens le reconnaissent et ne peuvent s'empêcher de demander des nouvelles voire de poser quelques questions auxquelles il n'a aucune envie de répondre.

Cependant, n'exagérons pas, il lui est aussi arrivé de tomber sur des familiers, d'anciens gamins avec lesquels il avait joué et qui partagent avec lui des souvenirs d'enfance. Ces rencontres-là transformaient le voyage, ils riaient beaucoup, buvaient souvent et se séparaient avec des promesses de se revoir qui ne seraient tenues par personne.

C'était rare et ne serait pas le cas ce jour-là ; il faisait de toute façon trop froid pour entreprendre quoi que ce soit dans le registre des bonnes relations de voyage.

II

Henri, installé, reprend sa rêverie. Il est encore tout imprégné d'une immersion familiale de presque un mois car, comme toujours, il a passé cette période de Noël en famille en commençant par un court séjour dans la maison où il est né et qu'il aime tant.

Au plein cœur d'Albi, posée sur son socle de briques rouges et ouverte de hautes fenêtres, elle ne se démarque guère de ses voisines. Tout son charme est à l'intérieur avec le large escalier qu'il dévalait à quatre ou cinq ans et que désormais il monte avec peine et la belle cour intérieure qui lui donne toute son allure. Une maison discrète, toute proche de la cathédrale Sainte-Cécile, cette construction puissante qui ne cesse d'impressionner même si sa couleur chaude, plus ou moins rose selon les mouvements du soleil, l'adoucit. Là, dans cette vieille maison lorsqu'il y pénètre après une longue absence, il respire son odeur, guette ses bruits familiers, retrouve sa lumière, avec chaque fois la certitude rassurante qu'il est bien chez lui, profondément chez lui, en sécurité.

Cette année, sa mère a décidé d'aller passer Noël au château du Bosc, la propriété familiale en plein Rouergue où vivent ses deux grands-mères, Louise et Gabrielle Imbert du Bosc. Elles sont sœurs et veuves, l'une de Raymond de Toulouse-Lautrec romantiquement dénommé « Le Prince noir » et l'autre de Léonce Tapié de Celeyran, son grand-père maternel. Les sœurs sont très proches et quatre de leurs enfants, cousins-germains, se marieront entre eux dont Adèle et Alphonse, les parents d'Henri.

Pendant toute son enfance, c'est là que se sont déroulés les Noëls, les vacances, les parties de chasse pour son père et ses oncles, les galopades dans le parc lorsqu'il pouvait encore courir, les soirées autour de la cheminée.

Le Bosc, c'est l'illustration de toutes les saisons car elles y sont plus évidentes que partout ailleurs, surtout en hiver et en été, les saisons absolues. L'hiver des Noëls, c'est la neige qui transforme les champs en désert livide, les branches des arbres noires et brillantes, le froid qui pique la peau et cette obscurité qui arrive si tôt que les journées sont ramassées dans presque rien, avec des nuits interminables qui font peur aux enfants. L'été, au contraire, c'est une effervescence de lumières, de couleurs, d'odeurs qui éclatent et se mélangent.

Aujourd'hui encore, tout comme ses très nombreux cousins, il aime retrouver le cadre immuable du château du Bosc. Alix, la sœur de son père, a fait à elle seule quatorze enfants, c'est dire la taille de la tribu des Tapié de Celeyran/Toulouse-Lautrec qui s'est regroupée là pendant des décennies pour y vivre nombre des évènements joyeux ou parfois tragiques survenus au fil du temps !

En décembre, le projet était un peu risqué mais il lui a plu et la perspective des trois heures de fiacre sur de mauvaises routes, ne l'a pas découragé. Il sait l'amour inconditionnel que lui porte sa mère ; le dévouement et la patience sans fin qu'elle a déployés depuis sa naissance, le touchent et le culpabilisent. Cette escapade serait une occasion de passer du temps avec elle et il pouvait bien lui offrir ce plaisir-là !

Par un temps sec et froid, ils ont donc fait la longue route à travers cette campagne qu'ils connaissent par cœur avec au bout, les senteurs de terre à brebis, les sons retrouvés et la gaieté de ceux qui seront là cette année et qu'ils découvriront sur place ! Sans oublier, et surtout pas, les parfums de la cuisine puissante du sud-ouest qui le font saliver à l'avance.

Cette fois encore, rien n'a manqué aux rituels ! Le portail grand ouvert puisqu'ils sont attendus puis ce premier coup d'œil au jardin dénudé et humide du plein hiver avec les odeurs de terre mouillée et de feu de bois. Tout de suite, dès la porte de la maison franchie, il a entendu le pas pressé des deux sœurs, Gabrielle, sa grand-mère paternelle et Louise, sa grand-mère maternelle puis a vu surgir leurs silhouettes, d'abord la mince puis la ronde :

— Enfin, vous voilà !

Il a embrassé leurs joues chiffonnées, répondu à leurs premières questions puis est vite descendu faire un tour à la cuisine, histoire de taquiner la cuisinière et de soulever le couvercle des marmites pour voir ce qui se mijote :

— Marie, j'espère que nous aurons des fraises pour dessert ?

— Voyons Monsieur Henri, des fraises en décembre ! Ce n'est pas la saison, demandez-moi des pommes, des châtaignes mais pour les fraises, vous attendrez le mois de mai ! Ce soir, c'est un gâteau aux pommes et au caramel que vous aurez !

Ces plaisanteries de toujours, ils les attendent l'un et l'autre, lui qui pose ses questions sérieusement, elle qui répond avec une indignation feinte sur le même ton que lorsqu'il avait douze ans !

Le soir du 24 décembre puis la journée de Noël avaient été comme ils devaient être. Le curé de Naucelle avait bien voulu dire une courte messe dans la chapelle toute illuminée puis il avait bu un vin chaud épicé puis un deuxième, avant de filer vers sa paroisse Saint-Martin, laissant la famille à ses dégustations de canard rôti, de fromages de l'Aveyron et de gâteaux crémeux. Ce sont précisément les recettes de ces plats divins qu'il a supplié Marie de lui expliquer et qu'il a copiées dans la cuisine à l'intention de Maurice, juste avant de partir. Elle a fait mille difficultés, arguant le secret des cuisinières, la tradition. Il l'a prise par les sentiments, a joué le triste tout seul à Paris, il a fait des compliments et en prenant son temps et le ton encore enfantin auquel elle n'a jamais pu résister, il les a obtenues ! Elles sont là, dans son sac.

Par association d'idées, cette histoire de cuisine généreuse l'emmène vers sa vieille amie Louise Weber, la célèbre Goulue qui, quand elle veut, est capable de préparer des plats goûteux et pleins de fantaisie qu'elle servira à ses invités en virevoltant autour de la table au point de faire perdre la tête à ceux qui n'ont pas encore l'habitude de ces repas pantagruéliques et arrosés, concoctés et mis en scène par cette belle fille.

Il l'a connue à l'Elysée-Montmartre où elle menait son quadrille d'enfer, puis danseuse au bal du Moulin de la Galette où presque chaque soir, il y a sept ou huit ans, il allait rire et boire du vin chaud à la cannelle avec sa maîtresse Maria Valade.

Encore une drôle de fille, cette Marie-Clémentine Valade – dite Maria puis dite finalement Suzanne Valadon – qui s'était mis en tête de se faire épouser et de devenir comtesse !

Modèle de tous les peintres à Montmartre, de Renoir à Puvis de Chavannes, amante de presque tous, il devait bien reconnaître qu'il en était tombé amoureux. Elle était belle, rousse, audacieuse en amour et de plus extrêmement talentueuse, ce dont il s'était aperçu en tombant par hasard sur des dessins qu'elle n'avait jamais montrés à personne. Il l'avait encouragée à persévérer et orientée vers Degas qui ne se trompe jamais lorsqu'on lui demande son avis sur le travail d'un peintre même novice. Convaincu de son talent, Degas continue d'ailleurs à la soutenir et a même été le premier à lui avoir acheté une toile.

Comme une plaisanterie, Henri avait incité Maria à changer son prénom pour celui de Suzanne – en référence à l'épisode biblique de Suzanne et les vieillards – un prénom qu'elle avait finalement adopté comme celui du vrai peintre qu'elle était en train de devenir. Puis, quand après un simulacre de suicide, elle avait compris que, même si elle lui plaisait toujours, il ne l'épouserait jamais, elle avait pris un autre amant, artiste lui aussi mais musicien.

Erik Satie l'avait adorée, lui avait écrit trois cents lettres et voulu mourir quand il avait compris qu'il était un parmi d'autres !

Tout Montmartre en avait ri !

Aujourd'hui, elle vient d'épouser Paul Mousis, un agent de change fortuné et vit en bourgeoise en élevant distraitement son vaurien de fils Maurice, reconnu par le critique d'art espagnol Miquel Utrillo, père possible mais pas certain.

Suzanne continue de peindre, cela commence à se savoir, on s'intéresse à elle et elle vend déjà, pas plus mal que bien d'autres !

Mais revenons à la Goulue qui, dès la première fois qu'il l'avait vue danser, l'avait frappé par son impétuosité, sa fureur à se jeter dans la danse !

Sa manière de lever les jambes, de retrousser ses jupons et de finir par ce grand écart accompagné d'un cri, était comme une provocation, un défi, qu'elle renouvelait à chaque fois. Il en avait été stupéfié et tout de suite, ils avaient fait connaissance. Depuis ils étaient devenus des amis et il l'avait peinte à de multiples reprises.

A trente ans à peine, la danseuse a déjà connu plusieurs vies, de la plus misérable à la plus somptueuse. Sortie de rien et boulimique de tout, de danses, d'hommes, de nourriture, d'alcool mais jamais rassasiée, elle mène sa vie à grande vitesse, goûte à tout, a tous les culots. Elle a dansé partout, des cabarets parisiens en vogue aux plus minables estaminets de banlieue mais aussi sur les tables de la haute société de Saint-Pétersbourg ou de Monte-Carlo, amenée là par ses célèbres amants richissimes qui ne savent rien refuser à cette fille aux yeux bleus, à la frange blonde coupée au ras des sourcils, aux jambes étourdissantes !

Même pour le très élégant Prince de Galles, futur Edouard VII, elle a été irrésistible ! Elle l'a apostrophé un soir au cabaret en se moquant de son appartenance royale, a bu dans son verre et fait voler le chapeau princier de son légendaire coup de pied. Peu importe, il n'a eu de cesse que de devenir son amant et même de revenir après qu'elle l'eût congédié sans aucune précaution !

Ce futur monarque n'a d'ailleurs pas été le seul représentant des lignées royales puisque Léopold de Belgique, roi des Belges, fait aussi partie de son palmarès et qu'elle l'a traité avec la même désinvolture.

La Goulue, rien ne l'arrête !

Aujourd'hui, sa nouvelle lubie qui semble partie pour durer, c'est la danse du ventre. Elle a décidé de ne plus faire danseuse de cabaret et de vivre dans une baraque à la Foire du Trône dont elle a d'ailleurs demandé à Henri de décorer les panneaux extérieurs. Elle lui a expliqué qu'elle vendait l'hôtel de la Païva que lui avait offert le grand Duc Alexis de Russie – rien que ça – pour retourner à la vie simple qu'elle aime.

Une drôle d'idée mais depuis toujours, elle ne fait que des bizarreries, a toutes les audaces, sans le moindre scrupule. Henri la soupçonne d'avoir rencontré un dompteur ou retrouvé un ancien amant qui l'aura fait chavirer dans le cirque !

Il faut dire aussi que les plaisirs du cabaret, elle en a fait le tour. Elle les a tous expérimentés et ses années de vie ont compté double avec l'alcool, les repas plantureux, les nuits torrides et ce cancan qui l'a portée au succès mais épuisée.

La Goulue a grossi, elle est fatiguée.

III

Le train ralentit. Il approche d'une gare en pleine campagne et Henri, comme chaque fois qu'il y passe, se sent envahi par ce qu'il appelle lui-même le syndrome de Lexos. Son cousin Gabriel, jeune médecin, lui a expliqué qu'un syndrome était un ensemble de symptômes correspondant à une pathologie identifiée et le terme lui a plu. Le sien est violent, irrépressible, bouleversant et ce qu'il veut ce n'est surtout pas le guérir mais pouvoir y penser encore et encore, en revivre chaque détail.

Il s'y complaît, il y tient par-dessus tout, jamais il ne s'en lassera.

Trois ans plus tôt, c'est ici à Lexos, un nom d'île grecque pour une gare du Sud-Ouest, qu'il a aperçu pour la première fois, la femme qui restera l'unique véritable amour de sa vie. Une femme, qu'après une heure passée avec elle dans ce train, il aurait déjà voulu séduire, aimer, épouser.

La seule dont il se fût jamais dit qu'il aurait voulu la faire, et sur le champ, Comtesse de Toulouse-Lautrec-Monfa. La seule à laquelle il aurait voulu tout donner, son nom, son titre, son talent, ses terres et sans attendre, faire des enfants !

Cette scène de leur rencontre, il y a pensé des centaines de fois mais lorsqu'il se trouve là, sur le lieu même où elle s'est déroulée, il la revit avec toutes ses nuances d'émotions et de couleurs.

Ce jour-là, en arrivant à cette gare, il s'était accoudé comme il aime le faire à la fenêtre du compartiment afin d'avoir la vue la plus large du quai et d'observer l'animation qui y règne car Lexos est une sorte de nœud ferroviaire qui draine un trafic important de voyageurs et de marchandises. Il assiste ainsi aux évènements ordinaires de ce moment de l'embarquement dans un train qui va ensuite se diriger vers Montauban pour rejoindre la grande ligne qui trace jusqu'à Paris.

Une aventure d'importance pour ceux qui y vont pour la première fois et pour les voyageurs campagnards, c'est souvent le cas. Il règne donc une sorte de fébrilité sur ce quai ordinaire et des scènes insolites ou même franchement comiques s'y déroulent fréquemment.

Henri est là, en observateur tranquille, lorsqu'il remarque une silhouette. Celle d'une femme, de dos, qui est apparemment occupée à se laver les mains sous le filet d'eau de la fontaine mise à disposition des voyageurs. Elle est fine, sans doute jeune et il remarque le tissu très coloré de la jupe qui dessine une taille mince et des hanches rondes, des formes qui lui donnent instantanément l'envie de saisir son carnet de croquis, geste qu'il ne fait pas de crainte de perdre la suite des mouvements de la femme qui va bien finir par se retourner, une fois son lavage terminé.

Cette fois, c'est fini, il la voit tourner le robinet puis secouer ses mains mouillées dans un joli geste un peu enfantin. Enfin elle se retourne et, une chance pour lui, le fait dans le bon sens, en regardant vers lui. Ses binocles ne lui servent pas à grand-chose, il voit mal son visage car elle est un peu loin mais désormais, elle est de face. Il peut observer l'autre côté de son corps et, en peintre habitué à travailler avec des modèles très différents les uns des autres, son œil entraîné voit tout très vite même si les traits du visage restent flous sous le petit chapeau planté sur des cheveux dont il ne distingue pas la couleur. Son opinion est faite, elle est jeune, fine, pas très grande mais sa silhouette et ses mouvements sont harmonieux et élégants.

Elle marche vers un homme qui, de là où Henri l'observe, lui paraît âgé et paternel. Ils se parlent un court moment puis elle se rapproche de lui affectueusement avant de se saisir d'un petit bagage et de filer vers un wagon plus loin où Henri la perd de vue.

Il reprend sa place avec, fixée sur sa rétine, l'image inachevée de cette jolie silhouette que, tout de suite, il a eu envie de dessiner.

Cependant, n'exagérons pas l'importance de ce moment-là. Rien de très particulier ne s'est passé, c'est juste le peintre qui a réagi comme cela lui est arrivé mille fois, avec cet instinct de chasseur qui sait tout de suite qu'une proie est là, bonne pour ses pinceaux ou ses crayons !

Arrivé à Montauban, il n'y pense plus vraiment et procède comme d'habitude, en voyageur qui connaît la musique puisque le parcours lui est si familier. Il a ramassé son bagage et attendu l'arrêt de son train, la main déjà posée sur la poignée de la porte pour ne pas perdre un instant et arriver tranquillement à son wagon, bien en tête du train. Il évite ainsi, à Paris, une longue marche sur le quai, épuisante après des heures de voyage. Avec le temps, il a appris à économiser ses gestes. Il connait la limite du poids et de l'encombrement de ce qu'il peut transporter, utilise un sac de voyage cylindrique, peu profond et sait aussi comment il doit manier sa canne, « son petit bâton » comme il l'appelle, pour ne pas se prendre les pieds dedans lorsqu'il est chargé.

Cette fois d'ailleurs, il voyage léger car il est débordé de travail et a juste fait un aller et retour rapide à Albi pour une affaire à régler chez le notaire de la famille.

Tout se passe bien, il fait doux en ce début d'été, il n'est pas pressé.

Henri grimpe dans son compartiment, en tête du train comme prévu, installe ses affaires et se cale dans son coin préféré près de la fenêtre qui donne sur le quai. Vaguement, il suit des yeux les mouvements des voyageurs, regarde sa montre et à la dernière minute, alors que le chef de gare annonce que le train va partir et s'apprête à siffler, elle monte ou plutôt elle jaillit dans le compartiment.

Elle, c'est la femme de Lexos dont Henri reconnait immédiatement, la silhouette et la jupe colorée. Elle est essoufflée et s'excuse tout de suite :

— Pardonnez-moi, je me suis trompée de wagon et j'ai vraiment dû me dépêcher !

Elle s'assoit ou plutôt s'effondre sur la banquette en face comme une gamine qui vient de courir, lui adresse un sourire :

— Je ne peux pas m'empêcher d'être en retard !

Ils sont seuls dans le compartiment et Henri, d'emblée, est frappé par le naturel de la jeune femme :

— Je vous en prie, reprenez votre souffle, c'était un peu juste mais ça va !

Le train s'ébranle puis commence à prendre de la vitesse.

Elle lui sourit encore puis très vite, se relève, lisse un peu les plis de sa jupe, glisse une mèche sous son chapeau et range son sac dans le filet au-dessus de sa place, met de l'ordre. Il l'observe discrètement et se rend compte qu'elle est petite, certainement pas beaucoup plus grande que lui, mince, avec une poitrine ronde. Ce n'est que lorsqu'elle se rassoie et relève un peu la tête, qu'il s'aperçoit qu'elle est jolie et surtout si fraîche avec son teint lisse et ses petites dents blanches bien alignées.

Vingt ans, vingt-deux, tout au plus et une particularité qu'il a vue tout de suite. Ses yeux ne sont pas de la même couleur, l'un vraiment vert, l'autre brun-doré ; en homme qui manie les couleurs, il est surpris par cette vraie différence et son regard s'y attarde !

Depuis qu'il vit à Paris et qu'il a un peu perdu de vue ses cousines et leurs amies, Henri n'a plus l'habitude de ce genre de fille, saine et naturelle.

Les femmes qu'il voit dans les cabarets, les maisons closes ou les boutiques de son quartier portent presque toutes les stigmates de la misère. Des teints brouillés, des dents manquantes ou abîmées, des cheveux mal teints et, souvent, cette odeur de corps fatigué, de sueur, de jupons pas très nets. Il voit ça tous les jours.

Remarquer le détail qui cloche, c'est d'ailleurs sa tendance, même chez les bourgeoises les plus soignées. Un nez trop long, une bouche trop fine, un poids excessif ou insuffisant, des imperfections qu'il ne pourra pas s'empêcher d'accentuer et même de mettre en avant si la femme devient son modèle parce que « faire vrai et non idéal », c'est ce qu'il veut.

Il ne s'intéresse à ses modèles que pour ce qu'ils sont au plus profond d'eux-mêmes. Un beau visage, un corps parfait, c'était bon pour ses années d'études !

Aujourd'hui ce qu'il aime étudier et traduire sur la toile, ce sont les signes de la misère ou de l'opulence, de la sérénité ou de l'angoisse, de la soumission ou de l'arrogance, avec surtout leurs conséquences sur les visages et les corps. La ressemblance lui importe moins que l'expression révélatrice de la personnalité ou le ressenti du modèle au moment précis où il pose.

Ceci, d'ailleurs, lui a valu parfois des avatars lorsque le modèle vexé ne mâche pas ses critiques voire refuse son projet !

Il n'a pas oublié que la célèbre chanteuse Yvette Guilbert lui a refusé deux affiches au prétexte qu'il l'avait faite si « atrocement laide » avec un nez en pied de marmite, un long cou maigre et qu'elle lui a finalement préféré Steinlen. Elle aime bien Henri mais il a fait d'elle plusieurs portraits dont certains énervent la chanteuse qui ne se gêne pas pour faire des reproches « au petit nain affreux » comme elle le qualifie. Qu'il mette par exemple ses longs gants noirs constamment en avant ne lui plaît pas ; même s'ils font partie de son personnage et que visuellement ils soient intéressants pour son image, elle ne veut pas qu'ils prennent le devant de la scène et qu'avant de l'observer, elle, l'artiste, on regarde ses gants et le mouvement de ses bras.

Quant aux hommes, ce qu'il en fait, c'est pareil en presque pire !

En insistant lourdement sur les ventres ronds, le débraillé et les attitudes négligées, il ne les épargne pas sauf, tout de même, lorsqu'il s'agit de portraits de bourgeois comme son cousin Louis Pascal, son ami le docteur Bourges ou de l'anglais Warner qui posent alors dignes, élégants, en notables représentatifs de leur classe.

Cette critique qu'on lui fait d'être un observateur impitoyable qui aime à mettre en valeur le laid ou le glauque, lui apparaît toutefois comme injuste.

Il sait aussi peindre la beauté vraie comme en témoigne, par exemple, le portrait d'Hélène Vary, sa jeune voisine de dix-sept ans dont il a aimé reproduire les traits purs et l'équilibre de son visage. Le dessin, le tableau lui plaisent, il est heureux de ce qu'il a fait.

IV

La fille, en face de lui, a une silhouette harmonieuse et sent bon.

Il l'a remarqué dès qu'elle a sauté dans le compartiment et à l'instant même, quand elle a secoué ses jupes. Elle lui plaît, immédiatement elle lui plaît.

Il n'a pas besoin de chercher comment entamer la conversation, elle le devance en posant une question sur l'heure d'arrivée à Paris. Ce train, il le pratique en toutes saisons, il a en tête les heures du départ, de l'arrivée, des correspondances, tout.

Il détaille donc la réponse ce qui la fait rire :

— Vous êtes un véritable indicateur des chemins de fer, j'ai eu de la chance de vous rencontrer !

Il lui explique pourquoi il est un familier de la ligne et en profite pour se présenter :

— Henri de Toulouse-Lautrec, je suis peintre. J'habite Albi et Paris.

Visiblement, elle n'a aucune idée de qui est cette famille et c'est sans importance ; apparemment, elle n'a pas non plus remarqué sa drôle d'allure. La conversation s'engage et elle se présente à son tour : elle s'appelle Zéline de Lastelle, un prénom qu'Henri ne connaît pas, qui le surprend et lui plaît. Pourquoi pense-t-il à un instrument de musique, un genre de violon, quelque chose de délicat, de fin et d'inattendu ? Une Zéline à cinq cordes !

Leur conversation ne cessera plus.

C'est beaucoup plus tard, des mois plus tard peut-être, qu'il se rendra compte que cet après-midi-là, c'est elle qui a posé les questions et lui qui s'est ouvert à sa curiosité comme s'il allait de soi qu'il n'avait rien à lui cacher. Des mots encore anodins, les propos convenus de deux voyageurs qui font connaissance… jusqu'à ce qu'elle croque sa pomme.

Vers trois heures de l'après-midi, elle a stoppé la conversation, dit qu'elle avait faim et du sac posé dans le filet au-dessus d'elle, elle a sorti une pomme.

Une pomme banale, peut-être de l'espèce des reinettes, dans laquelle elle a mordu :

— Elles sont bonnes vos petites pommes françaises mais elles ne valent pas les fruits de mon pays !

— Votre pays ? Quel pays ?

— Madagascar. Je suis née et je vis à Madagascar. C'est mon premier voyage en France, je vais y faire la connaissance de ma famille.

Elle a prononcé tranquillement ces mots qui stupéfient Henri !

Madagascar ! Grands Dieux, le bout du monde ! Madagascar, c'est où déjà ? Il le sait mais cela fait partie de ces connaissances qu'on acquiert à l'école et qui restent là, enfouies dans un coin de la mémoire parce qu'on a rarement l'occasion de les en sortir. Madagascar !

Rapidement, il se remet en tête la carte de ce coin du monde, essaie de ne pas mélanger le nom des océans et prend le visage de celui qui ne s'étonne de rien. Il ne veut pas être maladroit, poser les mauvaises questions, alors puisque la pomme a été le point de départ, il attaque par les fruits.

— C'est quoi, les fruits de Madagascar ?

— Eh bien, il y en a beaucoup et de délicieux, les mangues, les litchis, les goyaves, les papayes et bien d'autres. C'est le pays des fruits, on ne s'en lasse jamais.

Il l'écoute en tentant de se souvenir de ce qu'il peut avoir appris de ce pays, une île où poussent donc des fruits et sans doute aussi, du riz, du café, probablement de la canne à sucre… Une image surgit brusquement, celle de Paul et Virginie, deux enfants destinés l'un à l'autre, dans une histoire qui se passe au siècle dernier dans une île tropicale et qui finit mal. Est-ce que ce n'était pas à Madagascar justement ? A moins que ce ne soit l'île Maurice ? Ou une autre du même genre ? C'est stupide mais ce vague souvenir prend le pas sur le reste. Il revoit un album que lui lisait ses grands-mères et qui se trouve peut-être toujours dans sa chambre du Bosc, il faudra qu'il le cherche la prochaine fois qu'il ira.

Elle croque sa pomme. Henri observe cette jeune femme élégante, bien élevée mais aussi naturelle et spontanée que les filles de la campagne aveyronnaise avec lesquelles il a grandi… enfin si l'on peut utiliser ce terme à son propos !

Ce petit bruit qu'elles faisaient en mordant dans une pomme ramassée sous l'arbre, c'était le même que celui qu'il entend à l'instant !

Le train entre en gare de Limoges lorsqu'elle termine son fruit.

— J'ai envie de descendre quelques minutes, vous m'accompagnez ?

Il se fige, terrifié à l'idée que ce sera l'instant de vérité. Depuis qu'ils se sont rencontrés, il est demeuré assis sur sa banquette. Elle ne sait pas à quel point il est petit, comment il claudique en marchant, combien il est peu séduisant.

Un instant, il hésite puis se décide ; l'épreuve est inévitable, le plus tôt sera le mieux.

— Vous avez raison, descendons prendre l'air.

Tout est joué. Il la laisse passer avant lui et la regarde sauter légèrement les marches. Il descend à son tour, la rejoint sur le quai. Elle l'a vu descendre avec précaution, il marche maintenant à côté d'elle avec sa petite canne, elle a compris.

Il tient à expliquer un peu, la mettre à l'aise :

— Excusez-moi, enfant, j'ai eu un accident, je ne marche pas très vite.

— Ne vous excusez pas, nous ne sommes pas du tout pressés, c'est juste pour bouger un peu.

Elle avance sur le quai à son rythme à lui et pose des questions sur la ville. :

— Limoges, c'est quel genre de ville ? Qu'y voit-on ? Qu'y fait-on ? Je suis curieuse et pose beaucoup de questions, excusez-moi mais je ne sais rien et tout m'intéresse. Tout est tellement différent de chez moi !

Il lui parle de la belle cathédrale Saint-Etienne puis, tout de suite, évoque la porcelaine qu'on fabrique ici depuis deux siècles. Il détaille la technique, comment on dessine les motifs, qu'on les peints puis qu'on cuit les pièces.

— Mais vous êtes une encyclopédie, vous savez tout !

— Je n'ai aucun mérite, j'ai toujours vu ces services de table chez mes parents, chez mes grands-parents, ma mère m'a expliqué, c'est tout !

Ils longent lentement le quai, Henri la regarde de profil, remarque les petites taches de rousseur sur ses joues ; elle continue de l'écouter attentivement.

Quelqu'un fait une annonce inaudible, les voyageurs se rapprochent des compartiments, un mouvement de repli s'amorce.

— Je vous rejoins dans un instant, excusez-moi.

Henri apprécie d'être seul pour grimper dans le train, reprend sa place et réalise qu'il l'attend comme s'il allait de soi qu'ils voyagent ensemble alors qu'il se connaissent depuis quelques heures à peine. A nouveau, il la voit courir, grimper les marches, s'asseoir en face de lui. Il la regarde, elle lui sourit encore.

Il sait déjà qu'il vient de rencontrer la femme de sa vie.

Entre Montauban et Paris, le train fait plusieurs arrêts.

Des voyageurs montent pour une station ou deux, parfois le compartiment est plein, parfois presque vide. Ni l'un ni l'autre, n'y prêtent vraiment attention, ils se font face, absorbés dans leur conversation ou bien paisibles et silencieux.

Après l'épisode de la pomme et de l'arrêt à Limoges, au milieu de cet après-midi qui restera unique dans la vie d'Henri, Zéline a appuyé sa tête contre le montant de la fenêtre et fermé les yeux. Elle sommeille.

Henri fait plus que l'observer. Mentalement, il dessine l'ovale du visage, la forme de ses yeux, l'ombre des cils, la petite bouche très rose. Son œil de peintre est rompu à l'observation, il évalue, assimile, enregistre chaque détail dans sa tête. Des détails gravés dans sa mémoire pour toujours.

Zéline n'est pas ce qu'on pourrait appeler une pure beauté classique mais tout est joli, tout s'accorde, sa peau est sans défaut, son teint a une couleur légèrement ambrée, et cette fois il en est sûr, elle est rousse avec des cheveux bouclés. Et surtout, elle a une présence, un charme qui s'impose d'emblée, qui subjugue.

Qui éblouit Henri, en tous cas !

Il est content aussi qu'elle soit petite. Il en est certain maintenant qu'elle a marché à ses côtés sur ce quai de gare ; deux, trois centimètres de plus que lui et encore, peut-être simplement parce que les talons de ses bottines sont plus hauts que les siens !

De quoi ont-ils parlé alors qu'ils roulent dans cette campagne française et que les gares se succèdent ? Elle s'est risqué à lui poser quelques questions naïves sur son travail de peintre et il a répondu légèrement en enchaînant sur des explications à propos des régions qu'ils traversent et des villes où le train s'arrête : Brive, Limoges, Vierzon, Orléans… Il sait qu'elle fait son premier voyage en France et c'est tentant pour Henri de jouer le guide touristique. Il se surprend à être très à l'aise dans ce rôle, sa mémoire fonctionne bien et il s'étonne même de pouvoir faire état d'autant de connaissances !

Après l'escale de Limoges où il a pu briller avec la porcelaine, c'est le train lui-même qui devient l'acteur principal de son récit lorsqu'il lui explique comment la ville de Brive, isolée, enclavée, s'est épanouie et développée grâce à la création de la ligne de chemin de fer qu'ils empruntent aujourd'hui même. C'est vrai qu'elle a permis une circulation plus facile des marchandises et des gens, la création de nouvelles activités, tout un ensemble d'évènements qui ont fait entrer la ville et la région dans une autre phase de développement.

Les yeux fixés sur lui, sérieuse, elle l'écoute et pose des questions qui prouvent qu'elle est parfaitement attentive.

— Il n'y a donc pas très longtemps qu'on peut aller de Paris à Toulouse et s'arrêter dans ces villes aussi facilement. Vous me dites qu'aujourd'hui il faut seulement quatorze heures pour traverser presque toute la France, c'est extraordinaire !

— Oui, la ligne complète est très récente, un grand progrès aussi pour toutes les régions qu'elle traverse et qui s'ouvrent ainsi plus facilement.

En souriant, il ajoute :

— Enfin évidemment, ce n'est rien pour vous qui venez de traverser la moitié du monde sur un bateau gigantesque ! J'aimerais faire un jour cette expérience !

En aurait-il vraiment envie ou s'intéresse-t-il seulement à elle, à ce qui la concerne ? Il n'a pas le temps d'y réfléchir parce que juste à ce moment là, elle prononce avec légèreté une petite phrase de rien mais qui, pour Henri, ressemble à un miracle !

— Si ça vous amuse, je vous raconterai la mienne. Un très long voyage en bateau, deux bateaux même ! Un premier pour aller à la Réunion chercher le second, celui qui va à Marseille. Plus d'un mois en tout ! Interminable malgré le raccourci du canal de Suez !

Elle ajoute avec un petit rire :

— Excusez-moi mais vous raconter tous les épisodes serait trop long pour aujourd'hui !

Henri cache l'émotion qui l'envahit, balbutie une réponse anodine, se lève pour fouiller dans son sac, s'occupe comme il peut !

« Trop long pour aujourd'hui ! » Juste quatre mots anodins mais qui peuvent signifier que, pour elle, il va de soi qu'ils se reverront. Ce n'est pas certain, c'est juste une hypothèse mais qui ouvre la perspective inouïe de ne pas se perdre, de reprendre le récit de son voyage, enfin de celui-ci ou d'un autre mais en tous cas, le dialogue. Il a envie d'y croire, c'est tout ce qu'il espère et cela lui suffit pour ressentir une bouffée de bonheur comme il n'en a jamais connue !

Le temps passe. Orléans et Jeanne d'Arc les ont occupés un bon moment, Paris n'est plus très loin. Henri, un peu plus sûr de lui depuis qu'il a entendu la petite phrase, se demande depuis des heures déjà, comment il va procéder pour engager la suite.

Un coup d'œil à l'extérieur le fait rebondir :

— Nous sommes presque à Paris, vous êtes attendue à l'arrivée ?

— Nous sommes déjà arrivés ? Le voyage n'est pas si long finalement !

Oui, mon oncle et ma tante seront certainement là, à moins qu'ils n'envoient quelqu'un me chercher ; je ne sais pas.

Son étonnement réjouit Henri et l'autorise à penser qu'elle a apprécié sa compagnie mais l'espoir qu'il avait de l'accompagner là où elle est attendue, s'éteint.

Si maintenant, il craint un peu moins de la voir disparaître pour toujours au bout du quai de la gare, il sait bien que rien n'est gagné. Une fois que la jeune femme, qui n'a fait jusqu'alors que de rêver de Paris, y aura posé le pied, tout peut arriver !

S'il ignore la suite que peut avoir cette rencontre, il veut par-dessus tout qu'il y en ait une !

Alors, il se lance :

— Je vous ai parlé de mon atelier, aimeriez-vous le voir ? Peut-être votre oncle pourrait-il vous y accompagner ?

Avec cette spontanéité qu'il a remarquée tout de suite, elle répond immédiatement :

— Rien ne pourrait me faire plus plaisir ! Ce que vous m'avez raconté de votre travail de peintre est passionnant. Bien sûr que je veux voir votre atelier, vos tableaux, tout !

Henri n'en espérait pas tant ! Il se préparait à une réponse polie, positive ou pas, il la sent enthousiaste, contente de sa proposition.

Très vite, il trouve la solution. Tous les mercredis après-midi, vers quatre heures, précise-il, il va à la galerie Durand-Ruel ; il la retrouvera là quand elle voudra.

Ces visites du mercredi à la galerie, il vient de les inventer mais il se dit que même s'il devait y aller tous les jours, de l'aube au crépuscule, pour espérer la rencontrer, il n'hésiterait pas une seconde ! C'est déjà une certitude.

— C'est une excellente idée, vous me dites que la galerie est très connue, mon oncle m'y emmènera, c'est facile !

— Je serai heureux de vous recevoir tous les deux, vous le lui direz.

Il ne lui précise pas qu'il se moque complètement de rencontrer son oncle, que ce qu'il veut, c'est la revoir elle, la femme merveilleuse dont il est déjà fou.

V

Aujourd'hui, il fait escale à Limoges, ce Limoges dont l'image dominante est désormais pour lui celle de la porcelaine, tout ça parce qu'un jour d'été, trois ans plus tôt, il a raconté à une femme qu'il ne connaissait pas le matin même mais dont il savait déjà qu'elle resterait inoubliable, comment on la fabriquait et comment elle avait rendu la ville célèbre.

Cet été-là a disparu. Aujourd'hui c'est l'hiver ; jamais plus, elle ne trottinera auprès de lui sur un quai de gare et jamais non plus il ne passera ici sans penser à elle.

Maurice ne l'attend pas à la gare des Bénédictins mais en face, au bar de l'*Hôtel de Paris*. C'est prévu comme ça entre eux.

S'il apprécie les attentions de Paul le chef de gare ou de Louis le cocher de sa mère lorsqu'il débarque à Albi, il ne supporte pas celles des autres. L'attente au bout du quai, le geste pour le soulager du poids du sac, les questions au voyageur fatigué, l'irritent et le mettent mal à l'aise.

C'est donc en toute tranquillité qu'il traverse la place et pénètre dans cet hôtel où tout de suite on l'appelle par son nom et le prévient que Monsieur Joyant l'attend au bar.

Henri a déjà réfléchi à leurs multiples sujets de conversation à commencer par son exposition à l'ex- galerie Goupil devenue Manzi-Joyant, qui va débuter prochainement et qui compte autant pour l'un que pour l'autre.

C'est la seconde fois qu'il expose à la galerie mais, à l'initiative de Maurice, l'exposition lui est cette fois exclusivement consacrée: peintures, dessins, lithographies, affiches. La première, en 1893, avait été une vraie opportunité pour lui car s'il avait déjà exposé au Salon des XX à Bruxelles, aux Indépendants ou au Cercle Volney à Paris, son travail n'avait encore jamais été présenté dans le cadre d'une véritable exposition chez un marchand d'art connu. Cependant, encore un peu dans le doute à l'époque, il avait préféré la partager avec Charles Maurin, un graveur talentueux. Finalement, elle avait été plutôt bien accueillie avec, en point d'orgue, une réflexion de Degas qui l'avait comblé : « Ça Lautrec, on voit que vous êtes du bâtiment ! ».

Au jeune peintre qui l'admirait depuis des années et qui craignait par-dessus tout de ne pas accrocher son regard, il n'aurait pas pu mieux dire. C'était comme lui donner le label professionnel auquel il aspirait ; d'un coup, tout son travail s'en trouvait valorisé !

Aujourd'hui, c'est autre chose et il y voit un vrai pari très excitant. Il est beaucoup plus connu qu'il y a trois ans, certaines de ses affiches sont célèbres à Paris et il a des commandes. En revanche, c'est loin d'être la ruée sur ses toiles qui n'ont pas le succès qu'il pourrait espérer.

Très vite, il en est certain, Maurice va attaquer le sujet de son livre de cuisine, un projet qui lui tient à cœur depuis longtemps. Henri sait bien que son ami est un gourmet, un gourmand, parfois même il faut bien l'avouer, un goinfre et qu'il veut réunir les meilleures recettes salées et sucrées, pour les amateurs d'aujourd'hui et pour la postérité. Il est méthodique, très exigeant, ce doit être parfait et surtout surprenant.

Cette fois, Maurice va être content de lui car depuis des mois, il le bassine à propos des recettes qu'il doit obtenir de sa mère, de ses grands-mères, de leurs cuisinières et pour une fois, il n'arrive pas les mains vides. Il s'amuse d'avance de voir Maurice se jeter sur ces textes gribouillés sur un coin de table dans la cuisine du Bosc !

Désert à cette heure de l'après-midi, le bar est petit mais intime et chaud. Maurice bien calé dans son fauteuil de cuir, se lève d'un bond.

— Assieds-toi mon vieux, comment vas-tu ? Tu dois avoir soif et faim à cette heure-ci.

— Merci, content d'être là. Il fait un froid de chien dehors et dans le train c'est presque pareil.

Maurice prend les choses en main, commande tout de suite de quoi manger un morceau, du pain, du vin et installe son copain dans le fauteuil qui lui fait face :

— Alors parle-moi de ta famille. Comment va ta chère maman ? As-tu vu ton père ? Comment était le Bosc à cette saison ?

— Froid, humide mais douillet à l'intérieur. Les bûches brûlent en continu, le vin est bon, ma mère, mes grands-mères, toutes les femmes de la maison vont bien.

Très vite, le plateau arrive et, d'un seul coup d'œil, Maurice qui se pique d'être un expert évalue l'assiette :

— Ça n'a pas l'air mal du tout, rien à dire, tu es bien traité, je regrette presque d'avoir déjà déjeuné !

— N'exagère pas, je t'en prie, d'ailleurs j'ai quelque chose pour toi, de quoi lire. Marie a fait des merveilles dans sa cuisine… je t'ai rapporté tes recettes… si, si, je les ai… enfin quelques-unes…

— Enfin, tu y as mis le temps ! Montre-moi ça.

Henri fouille dans son sac, sort son carnet griffonné que Maurice ouvre tout de suite :

— Ah quand même, ta bourride bordelaise, depuis le temps que tu me la promets ! Et la morue de ta mère, oui ça c'est magnifique, tu la remercieras.

Maurice continue de feuilleter : le canard sauvage aux carottes et olives, c'est bien et les perdrix aux choux… plus deux ou trois sauces.

— C'est tout ? Et ton homard ? Toujours pas ton homard ?

— Non, pas de homard, c'est hors saison mais s'il te plait, tourne la page…

Henri laisse un silence s'installer.

— Ah, enfin, je rêve, le tourin blanchi à l'ail et le serpent du couvent, je n'y croyais plus ! Mon vieux, merci, tu me gâtes !

— Tu le reconnais, c'est bien ! Pour cette fois, c'est tout et c'est déjà beaucoup parce que mes recettes, n'oublie jamais ça, ce ne sont pas celles de tout le monde et elles sont testées par un expert ! Maintenant, laisse-moi tranquille une minute, cette saucisse avec la salade de lentilles, c'est un délice pour l'homme qui a faim. Redonne-moi un verre, j'ai l'impression que c'est un vin de Loire, tiens, goûte un peu, qu'est – ce que tu en penses ?

Maurice ne répond pas, absorbé dans sa lecture.

Henri attrape ses dernières lentilles, finit son carafon de vin rouge, se cale dans son fauteuil. Comme toujours, il se sent bien avec Maurice. Son ami, grand, massif, solide, le rassure, ils parlent de tout, ne s'ennuient jamais ensemble. Copains dès la classe de neuvième au lycée Fontanes puis séparés pendant plusieurs années, ils se sont retrouvés, au moins dix ans plus tard, lorsque Maurice, qui s'ennuyait mortellement au Ministère des Finances, s'est fait embaucher par le marchand d'art Goupil.

Henri proposait ses dessins et ses gravures à la galerie, ils sont tombés dans les bras l'un de l'autre et jamais plus quittés. Puis Théo Van Gogh, le directeur de la galerie, est mort quelques mois après son frère Vincent et Maurice l'a remplacé.

En matière de peinture, il a du flair et quand on s'occupe des artistes, le flair est essentiel. Il bataille toujours avec ses associés, les successeurs du fondateur Goupil, qui suivraient volontiers le sens du vent sans prendre de risques. Lui, il cherche, repère, et bien souvent il a raison.

— Parlons d'autre chose. Comment vont les affaires ?

— Ça va mais nous ne sommes pas seuls. Durand-Ruel, il est gros et il tourne depuis longtemps à Paris, à Londres, à New York ; on le connaît, on sait comment il travaille. Celui qui m'inquiète aujourd'hui, c'est Vollard, qui marche très fort avec sa galerie de la rue Lafitte qu'il agrandit sans arrêt.

Il a eu le nez creux en achetant tout de suite ce lot de dessins de Manet à sa veuve mais il n'a surtout pas perdu son temps, l'année dernière, en récupérant, dès que le père Tanguy a été mort et pour pas cher, des Van Gogh, des Cézanne, au moins dix je crois, des Gauguin qu'il a exposés tout de suite ! Un malin !

Tous n'ont pas déjà pris leur valeur, loin de là, mais tu verras, je suis sûr de ne pas me tromper, ce sont des grands, des très grands même. Non seulement, Vollard a le sens du commerce mais il ne traîne avec lui ni préjugés, ni vieilles idées sur l'art, il repère les talents, sait prendre des risques ! L'Ambroise, c'est un moderne, il a l'œil, il réagit vite, je le surveille !

— Oui, tu as raison, je passe souvent à sa galerie, j'ai vu ça.

Et il y en a une, oui une, à laquelle il s'intéresse beaucoup, c'est Mary Cassatt qui jusqu'à présent était plutôt la chasse gardée de Paul Durand-Ruel, bien qu'ils ne soient pas d'accord sur tout, loin de là ! Degas et lui avaient été les premiers à s'intéresser à elle, rappelle-toi. Paul l'a exposée très souvent, à Paris et aussi à New York l'année dernière. Pas seulement pour ses huiles mais aussi ses eaux-fortes, ses pastels, ses pointe-sèches…

— C'est vrai mais il lui doit beaucoup. Les relations américaines de Mary l'avaient bien aidé quand il a fait sa fameuse exposition à New York il y a une dizaine d'années. Un tournant pour lui qui à l'époque était à moitié ruiné mais surtout pour les impressionnistes que l'exposition a commencé de mieux faire connaitre aux Etats-Unis. Trois cent tableaux qu'il avait transportés là-bas et qui ont fait leur effet même si l'exposition n'a pas été un succès colossal.

Ce qui est certain, c'est qu'elle a ouvert la route !

Eh bien maintenant, Vollard lui aussi expose Mary, surtout ses pastels tellement délicats. Il aime ses maternités et je le comprends !

Longuement, ils parlent des galeries et des artistes avec lesquels tous les galeristes font leur chiffre d'affaires. Les Degas, Monet, Renoir, Manet, Pissarro sont déjà des valeurs sûres ou vraiment montantes, d'autres commencent à voir leur notoriété s'affirmer comme Berthe Morizot à laquelle le musée du Luxembourg a déjà acheté un tableau mais Van Gogh par exemple ne décolle pas. De son vivant, il n'a vendu qu'un seul tableau, celui des Vignes Rouges, qu'il exposait au Salon des XX à Bruxelles, peu de temps avant de mourir. C'est Anna Boch, peintre belge, qui l'avait acheté pour 400 francs. Elle seule avait eu le regard qu'il fallait sur cette œuvre !

Ambroise Vollard quand même, a l'air d'y croire puisqu'il l'a exposé l'année dernière et annonce une autre exposition cette année, même si la première a été un échec. On attend donc de voir mais que les amateurs et les collectionneurs ne se rendent pas compte de son talent est une chose qui les dépasse !

— Vincent, reprend Henri, personne n'y croit et pourtant comme toi, je suis certain que c'est un génie ; il faudra peut-être des années pour qu'on s'en aperçoive ! Même Renoir n'est pas du tout convaincu. Il n'y a pas longtemps, j'étais à son atelier et je l'ai entendu dire, un peu irrité, que la peinture de Vincent manquait de douceur, de caressant ! Oui c'est vrai, elle n'est pas caressante sa peinture, elle est puissante, foudroyante, elle est tout sauf douce !

— Renoir n'est pas le seul, Paul Durand-Ruel lui non plus n'a pas fait grand-chose. Des intentions, des annonces mais rien de concret, jamais !

— Nous sommes bien d'accord mais, excuse-moi de revenir à mon misérable petit cas personnel. Ce qui me chiffonne tout de même, c'est de n'avoir, jusqu'à présent, jamais été acheté par Degas dont, comme tu le sais, je tiens l'opinion en haute estime. Très peu aussi par les collectionneurs ; une seule fois par Henri Rouart mais jamais par Henry Lerolle, pas plus que par Ernest Chausson qui s'est déjà fait une jolie collection dans laquelle il paraît qu'on trouve des Delacroix, des Corot et bien d'autres. Sans parler de sa série d'estampes japonaises et Dieu sait si elles sont recherchées par tout le monde en ce moment !

Avec Lerolle et Rouart, ça ne va pas du tout pour moi mais très bien pour Maurice Denis qui, en ce moment, peint les plafonds de leurs hôtels particuliers ! Je suis content pour lui mais ne l'envie pas ; ce genre d'exercice, ce serait au-dessus de mes moyens !

Donc chez les collectionneurs, je n'y suis pas et ça m'inquiète car ces gars-là, très souvent, ne se trompent pas ! Même le concierge de Rouart s'y est mis et avec goût, parait-il. On dit que parfois, il revend des toiles à son patron ! Eh bien, même lui ne m'achète pas !

Ils en rient mais tout de même, si la notoriété de Lautrec est bien réelle pour ses affiches ou ses illustrations, ses toiles ne se vendent pas assez et ça, ils s'en soucient tous les deux !

Après le casse-croûte d'Henri et leur conversation de l'après-midi, ils ont dîné tranquillement dans la salle à manger presque déserte à cette époque de l'année. Les plats solides de la région : soupe au lard, tourtière croustillante avec viande de bœuf, pommes de terre et crème épaisse, incontournables fromages et flognarde aux pommes ont donné matière à des commentaires de dégustateurs et de cuisiniers pour Maurice qui se vante d'un savoir-faire certain lorsqu'il est aux fourneaux mais aussi pour Henri, « maitre-queue tyrannique » comme l'appelle son ami. Commentaires d'éditeur aussi puisque Maurice a remis ça avec son projet de livre auquel il tient tant. Il le presse de compléter les recettes mais le relance aussi pour les illustrations et lui explique en détail son plan pour la conception graphique de l'ouvrage !

Maurice veut son avis, lui pose des questions auxquelles Henri qui a autre chose en tête, répond un peu évasivement.

Ce n'est finalement qu'en abordant la seconde bouteille du Cahors charnu qui a accompagné le menu, qu'Henri entre dans le vif du sujet :

— Tout ça, c'est très bien, c'est fameux, de l'excellente cuisine, déclare-t-il, mais tu sais quand même pourquoi, en plus de mon amitié pour toi, j'ai fait escale à Limoges par ce froid polaire ? Pour discuter de la manière dont tu vas présenter ma peinture, mes affiches, mes lithographies, chez toi, rue Forest, dans même pas quinze jours. Alors parlons-en !

Ils en parlent et mettent tout au point même la présentation dans deux petites pièces discrètes, de certains tableaux qui pourraient être considérés comme indécents, trop réalistes et choquer le public. Il s'agit des toiles où figurent des prostituées, celles qu'il a peintes en 1893 et 1894 lors de son long séjour auprès d'elles. Maurice les juge exceptionnelles et tient absolument à les présenter, en particulier celle du Salon de la rue des Moulins.

Henri sait ce qu'il veut et Maurice, qui doit se comporter à la fois en bon commerçant et en ami loyal, le sait aussi. Un exercice délicat dans lequel ils excellent. En fin de soirée, tout est réglé ; ils se quittent, très contents l'un de l'autre, comme toujours !

VI

Il y a trois ans, ce premier jour de leur rencontre, il l'avait quittée sur le quai, au pied du compartiment.

Il lui avait rappelé son invitation à l'atelier, elle avait confirmé qu'elle viendrait puis avait attrapé son sac de voyage et s'était éloignée. Vingt mètres plus loin, avec un joli geste de la main, elle s'était retournée vers lui qui demeurait figé là et elle lui avait souri.

Se quitter ainsi était la meilleure solution. Devoir affronter une séance de présentation alors que Zéline elle-même abordait une famille inconnue, aurait été une épreuve pour tout le monde.

Il allait rentrer chez lui, rue Fontaine, boire un bon coup et réfléchir à la situation. A son ami, le Docteur Henri Bourges dont il est le co-locataire depuis déjà plusieurs années, il ne dirait pas un mot de cette rencontre.

Dès le mercredi suivant, il était allé à la Galerie Durand-Ruel.

Paul Durand-Ruel est un grand professionnel ; il a du métier, plus qu'aucun autre galeriste en France. Le soutien qu'il a apporté aux peintres impressionnistes depuis vingt ans est connu de tous et c'est vrai que les expositions qu'il leur a consacrées, à Londres, à Bruxelles, à Paris, à New York, ont été déterminantes. On regarde ces peintres autrement depuis que le plus célèbre marchand d'art français a clairement misé sur eux.

Au début des années 1860, en orientant le commerce de ses parents, limité à la vente de produits pour artistes vers des activités plus larges de galeriste, Paul ne s'était déjà pas trompé avec Corot et les peintres de l'Ecole de Barbizon. Puis il a développé sa propre affaire et connu des années de grand succès alternant avec des périodes désastreuses où il a cru tout perdre.

Aujourd'hui, il continue d'avoir souvent raison même s'il lui est arrivé de passer complètement à côté d'un grand qu'il avait sous-estimé ou même pas du tout repéré. Il a parfois déçu les uns, donné une priorité contestable à d'autres et en a même carrément fâché quelques-uns comme Claude Monet qui, pendant plusieurs années, lui a préféré Georges Petit, un autre galeriste. Il n'a pas que des amis mais dans le marché de l'art, Paul Durand-Ruel est incontournable et ce n'est pas d'hier !

Henri et lui se connaissent bien. Cet après-midi-là, ils avaient bavardé un bon moment puis Henri avait flâné en regardant les tableaux de Renoir exposés en ce moment. Ni l'oncle, ni sa nièce n'étaient apparus et il était rentré chez lui déçu.

Huit jours plus tard, il y était retourné. Le patron n'était pas là et son collaborateur s'était montré visiblement surpris de revoir Henri qui, certes, fréquente les lieux depuis longtemps mais à un rythme nettement moins soutenu. Il s'était permis une petite remarque qu'Henri avait détournée en l'entraînant sur le projet d'une exposition de ses lithographies envisagée pour l'année suivante. Ils avaient le temps de voir venir, c'est vrai mais le projet, avait-il précisé, lui tenait beaucoup à cœur !

Même en prenant son temps devant des toiles qu'il avait déjà vues la semaine d'avant, Henri avait dû finir par rentrer chez lui ! Cette fois, il avait senti monter son angoisse à l'idée que, peut-être, il pourrait ne plus jamais revoir la jeune femme.

Ce n'est que le troisième mercredi que la situation avait basculé mais cette fois, il avait procédé différemment par crainte d'être ridicule.

Discrètement, il s'était installé dans un café de la rue Le Peletier, proche de la galerie. Collé contre la vitrine, il avait vu rapidement le couple arriver. Elle, charmante dans une robe bleue et chapeau de paille à voilette, trottinant aux côtés de l'oncle, un grand monsieur d'une cinquantaine d'années.

Ils étaient entrés dans la Galerie où Henri les avait rejoints, quelques minutes plus tard comme un parisien sûr de lui.

Zéline avait parfaitement retenu le nom d'Henri et l'avait présenté à son oncle comme le compagnon providentiel de son voyage depuis Montauban. Grâce à lui, disait-elle, elle avait plus appris sur la France et les Français qu'au cours de toute sa vie à Madagascar ce qui, sans doute, n'était même pas exagéré !

Paul Durand-Ruel, présent ce jour-là, avait été parfait. Il leur avait fait faire un tour de galerie puis grandement facilité les choses au moment de l'invitation de l'oncle et de sa nièce à l'atelier, en soulignant la chance qu'ils avaient de pouvoir être accueillis chez un peintre de renom, en plein cœur de Montmartre.

La visite avait été vite acceptée, la date retenue, l'adresse du 27 rue Caulaincourt – angle Tourlaque – indiquée. L'oncle, visiblement peu habitué aux lieux de l'art, avait remercié tout le monde ; quant à Zéline, enchantée, elle avait serré les mains d'Henri dans les siennes avec une sorte de complicité.

L'affaire était bouclée !

Lui, ce jour-là, avait rompu avec ses habitudes et était rentré chez lui à pied pour avoir le temps de penser aux évènements extraordinaires qu'il était en train de vivre. De la rue Le Peletier à la rue Caulaincourt, il avait clopiné plus d'une heure sans regarder quoi que ce soit autour de lui et sans plus penser à l'effort et à la souffrance que cet exercice impliquait ordinairement. Désormais, seul le temps qui le séparait du moment inouï de la revoir, comptait pour lui.

VII

Dès le lendemain de sa rencontre avec Zéline et son oncle chez Durand-Ruel, Henri avait commencé à préparer leur visite à l'atelier ou, plus précisément, l'atelier à leur visite !

De son enfance provinciale très encadrée, il avait gardé le goût des maisons bien tenues, des rendez-vous ponctuels et des réceptions organisées avec soin. Que son atelier soit malpropre ou en désordre ce jour-là, n'était pas envisageable ! D'ailleurs, d'une manière générale et comparé à ceux de ses collègues-peintres, on peut dire qu'en dépit de la poussière omniprésente et de plusieurs fouillis organisés, il était relativement moins mal tenu et correspondait, en gros, à l'idée qu'on peut se faire du lieu de travail d'un artiste montmartrois.

Il n'empêche qu'en l'état, les toiles en vrac, les vieux pinceaux hors d'usage, les tubes écrasés, les mégots de cigare, les bouteilles vides qui traînaient et les chiffons maculés de peinture parsemés un peu partout, étaient à éliminer d'urgence. Rien ne devait desservir l'image qu'il souhaitait donner à ses visiteurs pour tenter de faire oublier, si peu que ce soit, sa misérable allure de petit homme bancal. Il y avait donc lieu d'améliorer mais pas de tout bouleverser.

La visite était fixée au mardi, il avait cinq jours devant lui !

Immédiatement il se projeta dans ce que pourrait être l'état d'esprit de sa mère dans les mêmes circonstances mais le temps était trop court pour qu'il lui demande conseil ; il se débrouillerait donc tout seul.

Il allait commencer par ranger son matériel, travail que personne n'aurait pu faire à sa place puis s'attaquer au désordre inextricable de la table basse. Ceci l'obligea à trier ce qui s'y trouvait, à jeter les vieilles lettres, les croquis oubliés, les articles de journaux découpés, quelques accessoires vestimentaires non identifiés et lui permit aussi de retrouver des objets égarés depuis longtemps comme cette estampe d'Hokusaï qu'il avait cherchée partout !

Au passage, il n'avait pas pu s'empêcher de feuilleter longuement une sorte de catalogue de Nadar, oublié là. Depuis que la pratique de la photographie s'est répandue, Henri s'y intéresse énormément et la manière dont un photographe comme Nadar met en scène les personnages , le fait réfléchir pour son propre travail. Il s'est d'ailleurs parfois inspiré de gros plans photographiques ou de certains cadrages ce qui est logique car les questions que peuvent se poser le peintre ou le photographe sur le parti à prendre pour les portraits par exemple, ne sont pas si différentes !

Nadar est créatif, original, c'est un artiste authentique qui a tout de même été capable, il y a déjà plus de trente ans, de photographier le village du Petit-Bicêtre depuis un ballon aérien, une performance qui, lorsqu'il en avait eu connaissance, avait longtemps fait rêver Henri !

Par ailleurs, la première exposition des impressionnistes a été présentée dans son atelier, Boulevard des Capucines, comme d'ailleurs la sixième que, tout juste bachelier, il avait vue avec son père dans cet espace qu'on aurait dit fait exprès pour elle. Ceci a encore ajouté à la sympathie que lui a toujours inspiré le personnage que, depuis, il a très bien connu.

Après avoir rangé le Nadar, trier et éliminer tous les objets parasites fut une première étape puis, pendant un jour entier, il s'occupa des chevalets, des toiles vierges, des tableaux et des dessins ébauchés dont il plaça un certain nombre à l'envers contre les murs. Il rangea ensuite les réserves de peintures, les innombrables pinceaux, il nettoya les divers récipients, les couteaux maculés, examina l'état des palettes.

Cela fait, il s'interrogea longuement sur la manière de cacher les salissures du divan sur lequel posaient ses modèles ou lui servait de lit lorsque, ivre-mort, il était incapable de rentrer dormir chez lui, sans oublier les traces douteuses liées aux intermèdes amoureux ou plus précisément sexuels que ce même divan avait accueillis !

Coup de chance, à la faveur de ce grand rangement, il retrouva une courtepointe que sa mère lui avait offerte lorsqu'il avait emménagé, il y a sept ans. Fraîche et de bon goût, elle transforma instantanément le vieux divan souillé en une banquette accueillante ! Même absente, sa mère savait l'aider au bon moment !

Il retourna aussi du côté le plus propre, le coussin du confortable fauteuil de rotin qu'il avait fait transporter du Bosc au début de son installation et disposa près du chevalet les tabourets paillés qu'il utilisait constamment.

Se posait évidemment le problème de la poussière qu'il répugnait habituellement à éliminer puisque le mot d'ordre était de ne toucher à rien. Cette fois, il n'avait pas le choix, elle devait disparaître.

Il s'en arrangea avec la bonne mais, avant qu'elle ne fasse le grand ménage final avec nettoyage des carreaux et de la grande psyché qui reflétait tout l'atelier, Henri avait à faire face à un choix très délicat. Quelles toiles allait-il réellement exposer à la vue de ses visiteurs ? Loin d'être un acte anodin, le choix pourrait être déterminant pour la suite de ses relations avec Zéline. Aucun de ses visiteurs ne connaissant sa peinture, ils arriveraient avec leur curiosité intacte et il devait vraiment réfléchir à ce qu'il devait choisir pour ce premier contact, ce premier coup d'œil. On sait bien – et c'est valable pour n'importe quoi – que la première impression est capitale !

Les toiles devraient donc lui plaire à elle et ne pas indisposer l'oncle.

Il ne doutait pas d'ailleurs que le bonhomme se soit renseigné sur son compte et savait bien que si son arbre généalogique lui donnait les meilleures garanties, sa réputation en revanche ne plaidait pas en sa faveur !

Cela l'empêcha de dormir. Le choix puis la mise en place des tableaux lui demandèrent une journée entière de réflexion puis de réalisation. Il opta finalement pour un portrait de sa mère assise sur un banc de jardin vert et un tableau représentant son père conduisant un attelage de quatre chevaux lancés à pleine vitesse. Il les avait peints au moins dix ans plus tôt et les considérait comme plutôt réussis pour un jeune peintre mais nullement représentatifs de son travail d'aujourd'hui ce qui, dans le cas présent, n'avait aucune importance.

Il plaça les deux tableaux sur des chevalets bien exposés à la lumière de l'après-midi, recula pour voir l'effet produit. Ces œuvres n'étaient ni audacieuses, ni d'avant-garde, leur style était relativement classique, c'était ce qu'il fallait. Ses parents étaient représentés dans leur cadre de vie et commenter les tableaux serait bien plus facile que s'il s'agissait du portrait d'un buveur d'absinthe ou d'une danseuse !

Mais cela ne suffisait pas, dans un atelier, il faut aussi de l'abondance !

Il ajouta quelques portraits, celui d'Honorine Platzer avec ses gants rouges, l'un de ceux de Carmen Gaudin en caraco, celui de la ravissante Hélène Vary, un autre de son cousin le bassoniste Désiré Dihau dans son jardin et décida tout de même de placer un exemplaire de l'affiche du Moulin-Rouge dans un endroit visible mais relativement discret.

Zidler, le patron du Moulin-Rouge, qui avait pourtant chargé Chéret, l'as de la lithographie, de l'affiche d'ouverture du Moulin Rouge en 1889, s'était tourné vers Henri, deux ans plus tard, pour imaginer celle qui devrait annoncer le spectacle de la Goulue. Il la souhaitait, cette fois, franchement publicitaire. Une compétition l'avait opposé à son ami Bonnard ; il en avait été lauréat. Quatre couleurs, des silhouettes parfaitement évocatrices, des lettres qui claquent et se répètent, son affiche, unanimement qualifiée de révolutionnaire, avait remporté un immense succès. De l'excellente réclame et une satisfaction énorme pour lui qui n'en avait encore jamais réalisée comme pour son client qui avait misé sur lui !

Placardée partout dans Paris, tout le monde l'avait vue et si l'oncle avait connaissance d'une seule de ses œuvres, ce serait sans nul doute de celle-ci.

Dans la foulée, il ne résista pas à placer aussi l'affiche du Divan Japonais qui datait de l'année dernière avec, en premier plan, la danseuse Jane Avril et au fond Yvette Guilbert, sans tête mais avec ses gants noirs. Enfin, sortie au début du mois, il avait aussi sous la main celle qu'il avait créée pour le spectacle de Jane Avril au Jardin de Paris dans un esprit clairement japonisant. Elle lui plaisait beaucoup, on verrait si le public lui faisait bon accueil !

Inutile de la cacher puisqu'elle aussi allait circuler dans tout Paris.

Une toile tout de même, lui posait un double problème. Celle de la parodie du « Bois sacré cher aux Arts et aux Muses » qui avait une histoire très spéciale ! Bien que le tableau peint par Puvis de Chavannes ait remporté un triomphe au Salon de 1884, les jeunes de l'atelier Cormon tout comme Henri qui venait alors d'attraper ses vingt ans, le jugeaient grotesque et en avaient peint un autre qui reprenait la mise en scène de l'original mais en y ajoutant des éléments qui en dénaturaient totalement l'esprit. C'était entre-autres le remplacement des muses par de païennes jeunes femmes, une pendule sur le monument antique, des hommes habillés côtoyant des femmes dénudées ou, par-dessus tout, un agent de police apparemment pas perturbé par la présence d'un nain urinant sur les basques des costumes !

La toile scandaleuse était là, accrochée tout en haut de l'atelier, provocante pour le visiteur qui lèverait les yeux mais surtout, dans l'immédiat, inatteignable pour Henri, bien incapable d'aller la décrocher tout seul !

Après réflexion, il retira donc simplement les caracos oubliés, les chapeaux de clown, les chaussons de danses et autres trophées vestimentaires suspendus aux barreaux de l'échelle et laissa la toile en place.

Elle était peu visible d'en bas et il pourrait toujours la justifier au prétexte d'un exercice d'école, une improvisation d'étudiant facétieux, n'importe quoi !

Ceci réglé, il avait attaqué le dernier point de ses préoccupations, celui de sa propre apparence. Il était dans son lieu de travail, il serait déplacé de choisir une tenue trop conventionnelle ou à l'inverse vraiment débraillée. Il prit son temps pour choisir une chemise blanche impeccable, une cravate fine et un gilet confortable qui lui donneraient un côté artiste chic puisqu'il était censé être en plein travail à leur arrivée !

Le matin du cinquième jour, il aéra son atelier pendant deux heures pour rafraîchir l'atmosphère et dissiper les derniers relents d'essence de térébenthine et de tabac. Un portrait d'homme à peine ébauché sur son chevalet de travail et à portée de main, une palette et des pinceaux, complétèrent le décor.

Puis, il consacra un long moment à une toilette soigneuse, s'habilla, vérifia que tout était en ordre dans cet atelier méconnaissable, prépara un plateau de rafraîchissement sans alcool qu'il posa sur sa petite table ronde, souvenir elle aussi du Bosc. De l'alcool, il n'y en avait d'ailleurs plus la moindre goutte à l'atelier. Sa réputation de grand buveur n'étant évidemment pas un atout, il y avait veillé !

L'heure venue et toujours à fond dans son rôle, Henri, pinceau en main, s'était assis sur son tabouret de travail et avait attendu un peu fébrile, en proie à une émotion dont il craignait qu'elle le fasse bégayer comme cela lui arrivait souvent !

A trois heures dépassées de cinq minutes, le personnage du peintre ainsi mis en scène avait entendu ses visiteurs monter l'escalier et toquer à sa porte.

Une heure et demie plus tard, Henri était épuisé mais heureux.

Ses efforts avaient été payants et les résultats étaient là. Parlons d'abord de l'oncle qui, de toute façon, n'allait pas encombrer longtemps le terrain puisque, dans les jours prochains, il allait filer à Saint-Malo où il vivait plusieurs mois par an. L'homme n'était pas antipathique, moins raide qu'il n'y paraissait au premier abord et visiblement, ne tenait pas plus que cela à chaperonner longtemps une nièce, certes charmante, mais qu'il ne connaissait que depuis quelques jours.

Il avait regardé distraitement quelques tableaux, cité le nom de Puvis de Chavannes pour la forme sans lever les yeux et avait enchaîné très vite avec des questions sur la famille d'Henri, en remontant jusqu'aux Comtes de Toulouse. Henri, qui sur le sujet ne craint personne, avait fait des réponses complètes, documentées, évoqué les personnalités de ses parents avec émotion. L'oncle avait semblé satisfait et, on peut même le dire, impressionné.

Quant à Zéline, elle s'était comportée avec ce naturel époustouflant qui l'avait déjà tant surpris dans le train. Elle avait tout regardé avec attention, avait même doucement retourné certains tableaux posés contre le mur sans faire de commentaires et s'était promenée dans l'atelier avec son élégance légère tandis que les deux hommes poursuivaient leur conversation. Pour Jane Avril et le Moulin Rouge, il avait bien fait de laisser traîner les affiches, Zéline les avait contemplées longuement avec le sourire de quelqu'un à qui ça plaît.

Emerveillé de la voir ici, chez lui, Henri avait suivi chacun de ses mouvements, chaque expression de son visage et immédiatement décidé qu'il devait faire son portrait. Brusquement, c'était devenu une évidence mais comment le lui demander ?

Il n'avait pas eu besoin de se poser la question longtemps. Zéline avait l'art de dénouer les situations délicates, c'est elle qui avait pris les devants !

Au moment du départ, alors que l'oncle, l'air concentré, s'était planté devant le chevalet pour observer le travail en cours, Zéline avait attiré Henri près de la fenêtre et toujours avec la même simplicité avait déclaré :

— Henri, vous permettez que je vous appelle Henri ? Votre travail m'intéresse beaucoup, les portraits que j'ai vus me plaisent. Je ne sais pas si c'est l'usage à Paris qu'une jeune fille demande à un peintre célèbre s'il veut bien faire le sien mais je vous le demande. Et pardonnez-moi si je suis impolie mais cela me plairait tellement de poser pour vous !

— Impolie, vous ne l'êtes pas du tout et moi, un peintre célèbre, n'exagérons rien ! Je ne suis pas Monsieur Degas ou Monsieur Monet loin de là ! Mais oui, bien entendu, je serai heureux de faire votre portrait où et quand vous voudrez. Je suis très honoré que vous me le demandiez.

Elle l'avait remercié d'un sourire inoubliable et c'est dans une sorte de brouillard qu'il les avait raccompagnés sur son palier.

VIII

Après la scène de l'atelier, les choses avaient été rondement menées.

Une fois l'oncle et la tante exilés en Bretagne, Zéline était restée dans le même immeuble mais avait emménagé dans un appartement plus petit dont l'oncle était propriétaire, deux étages au-dessus. Inoccupé depuis quelques temps, confortable, il constituait pour elle une base de découvertes idéale ! Elle commençait à se familiariser avec le quartier et, de là, pourrait partir en exploration afin de devenir, et vite, une parisienne qui connaît la ville et peut en parler.

Rapidement aussi, elle avait fait signe à Henri en lui rappelant sa promesse de faire son portrait, rappel évidemment inutile dans la mesure où il ne pensait qu'à la retrouver et à commencer le travail !

Son matériel était prêt et même s'il n'avait aucune idée du décor dans lequel elle vivait, il avait déjà imaginé la manière dont il la ferait poser. Pour sa première visite des lieux, il décida de partir sans rien, ni chevalet ni peinture. Ce serait une simple conversation pour décider de la manière dont ils allaient procéder.

En arrivant dans ce quartier du cœur de Paris, en bord de Seine, il avait bien observé l'immeuble élégant, début de siècle, puis poussé un haut portail en bois, franchi le porche et monté posément l'escalier de pierre afin de ne pas arriver chez elle, transpirant et essoufflé.

Lorsqu'il revit cette scène aujourd'hui, il s'étonne d'avoir gardé en mémoire une foule de détails presque insignifiants, le dessin de la rampe, la texture de la pierre de l'escalier, la couleur sombre des portes sur chaque palier. L'odeur aussi, minérale mais comme fruitée, ce qui est presque contradictoire.

Lors de cette première montée, il ignorait évidemment que cet escalier serait le cadre de ses plus grands bonheurs comme de son malheur définitif et que sur certaines de ces marches, il prendrait l'habitude de s'asseoir, pour savourer les uns et pleurer sur l'autre.

Il avait frappé à la porte et tout de suite elle avait ouvert elle-même, l'accueillant comme s'ils s'étaient toujours connus :

— Ah Henri, je suis si heureuse de vous voir, entrez, je vais vous faire visiter mon appartement ! Ici, je me sens chez moi, c'est délicieux !

L'appartement n'était pas immense mais lumineux et il avait été frappé tout de suite de la manière dont, en quelques jours et à partir sans doute d'une base bourgeoise-parisienne très classique, elle avait créé un décor qui lui ressemblait avec simplement des tissus colorés jetés sur les fauteuils, des corbeilles de vanneries de toutes tailles disposées sur des commodes banales, des fleurs fraîches et même un tapis rouge en fibres végétales, qui n'avait aucune chance d'avoir été acheté à Paris.

Tout de suite elle lui avait présenté la jeune femme qui s'affairait au fond de la pièce.

— Je vous présente Sahondra, fleur d'Aloes en malgache, nous nous connaissons depuis toujours, sa maman était ma nounou et elle a bien voulu m'accompagner en France. Sahondra sait tout faire !

La jeune femme était mince avec une peau sombre et des cheveux noirs tressés très serrés autour de la tête. Un visage et une silhouette qui lui rappelaient certaines de ces sculptures venues d'Afrique dont il avait aimé la finesse et l'élégance.

Zéline était là, bavarde, gaie, et pour la première fois, il la voyait sans chapeau ce qui transformait son visage et même sa silhouette. Il savait qu'elle était rousse – sa prédilection pour les rousses datait de toujours, c'était donc un point positif de plus – mais avec elle, rien n'était pareil. Son roux à elle était lumineux comme si certaines mèches avaient pris toute la lumière du soleil pour éclairer la chevelure épaisse, qu'aujourd'hui, elle aussi portait nattée. Sa robe claire, légère, était faite d'un de ces tissus

– il l'apprendrait plus tard-qu'on tisse à Madagascar dans d'innombrables couleurs, avec une profusion de motifs colorés.

Tout de suite, elle lui avait posé des questions sur son travail, il travaillait sur quoi ? Des portraits ? Des paysages ? Des animaux ?

Des questions naïves auxquelles il n'avait pas eu trop envie de répondre :

— Vous avez vu mon atelier. Comme tous les peintres, ma peinture change au fil des années mais je vous parlerai de tout ça plus tard. Comment vais-je faire votre portrait, Zéline ?

— Mais comme vous voudrez Henri, c'est vous l'artiste, pas moi !

A l'intérieur ou sur le balcon, je ne sais pas. Assise, debout, dans une robe de quelle couleur ? Nous allons décider ensemble.

Ils avaient fait le tour du salon puis du balcon qui était plutôt une très petite terrasse sur laquelle visiblement elle devait souvent s'installer. Un fauteuil d'osier, des coussins éparpillés, une minuscule table ronde faisaient de cet espace, un lieu où l'on avait tout de suite envie de s'attarder. En se penchant, on voyait la circulation des bateaux sur la Seine, celle des voitures, des fiacres sautant sur les pavés et les silhouettes des passants ; tout un monde vu d'en haut.

Henri avait examiné les lieux en prenant son temps :

— Ici, sur ce grand balcon, s'il continue de faire aussi beau, ce serait idéal. J'ai la lumière, Paris en arrière-plan, ce joli fauteuil ; si vous acceptez de poser en plein air, on y va ! Et si le temps change, je pourrai travailler à l'intérieur mais tout sera posé au départ, cela ira très bien.

Privilège inconcevable, il avait été autorisé à examiner ses robes, bien conscient que cette démarche intime il la devait à sa position d'artiste venu là pour réaliser le portrait d'une cliente. Presque celle d'un fournisseur qui doit honorer une commande mais, peu importe, il était près d'elle, touchait le tissu de ses jupes et aucune considération d'aucune sorte ne pouvait altérer son plaisir !

Elle avait essayé une robe, puis une autre et ils s'étaient mis d'accord pour une jupe décorée de fleurs rouges un peu fondues et une blouse à col montant ajouré, presque transparent. Devant sa bonne volonté, il avait osé dire qu'il verrait bien un chignon haut avec quelques mèches dégringolant dans le cou. Elle avait ri de tout, il avait joué au peintre, la faisant s'asseoir un instant et prendre la pose, plus par plaisir que par nécessité.

C'était décidé, il reviendrait le lendemain et se mettrait au travail.

Ce soir-là, sur le pas de la porte et pour la première fois, elle lui avait dit ce « Veloma » malgache qui ponctuerait désormais chacun de leurs adieux.

A l'oreille « Velum... » au revoir mon ami !

Après l'avoir quittée, Henri, rompu d'émotion, s'était arrêté un instant entre deux étages et s'était assis sur une marche comme il le ferait par la suite bien souvent. Il allait passer des heures et des heures avec cette fille, ils étaient amis et même s'il était le seul des deux à aimer l'autre, c'était le bonheur !

Ils commencèrent le travail et les choses se mirent facilement en place.

Le temps était idéal et elle posait, tranquille, dans son fauteuil de terrasse. Il lui avait expliqué qu'il la voulait très présente, attentive comme elle savait l'être lorsqu'on lui racontait une histoire qui l'intéressait. Il aimait son regard dans ces instants-là.

Avant de commencer et toujours pragmatique, elle l'avait mis à l'aise :

— Je vous en prie Henri, comportez-vous comme à votre atelier, ne vous croyez pas obligé de garder votre col raide, votre veste, ça n'a pas de sens !

Il avait donc pris l'habitude de travailler dans sa tenue de confort habituelle, chemise, gilet sans manche, pantalon large, chapeau en paille ou casquette d'ouvrier en tissu souple. Sahondra lui avait trouvé un tabouret à la bonne hauteur et Zéline avait insisté :

— Si vous voulez faire un bon travail, il faut que vous vous sentiez bien ! Demandez-nous ce que vous voulez ?

Ce qu'il voulait ? S'il le lui avait dit, elle l'aurait immédiatement jeté dehors !

Il lui avait souri, l'avait remerciée, qu'aurait-il pu faire de plus ?

Pour ce qu'il considérait à ce moment comme une commande, il n'avait pas envisagé d'utiliser un support de carton comme il le faisait souvent pour les portraits ou les scènes de vie mais choisi d'emblée de faire une huile sur toile. Le portrait de Zéline devrait être travaillé avec une grande précision, avoir un rendu parfait mais surtout être long à réaliser ! Il tenait une occasion unique de passer des heures avec elle et n'allait pas la gâcher en optant pour la technique la plus expéditive.

Il allait donc commencer par des croquis préparatoires pour une mise en place de la scène elle-même avant de passer à l'exécution proprement dite. Une place essentielle serait accordée au portrait mais, dans le cas précis, il ne devrait pas négliger le cadre, ce balcon avec en fond de décor, un Paris esquissé qu'on devrait reconnaître.

Après quelques heures de travail, ils avaient commencé à parler. D'abord timidement puis sans interruption. Elle était là, immobile, et Henri, guidé par ses questions, lui avait peu à peu tout raconté.

Ils avaient commencé par son histoire à lui ce qui l'avait un peu gêné au début mais elle avait vite balayé ses objections :

— Ne vous en faites pas, vous aurez droit à tout, je vous raconterai ma famille et Madagascar mais ne mélangeons pas tout, je vous en prie.

Une histoire après l'autre !

Lui, qui était pourtant la fantaisie même mais dont l'objectif était de passer le plus de temps possible auprès d' elle, avait accepté et pris la bonne décision : commencer par le commencement.

L'histoire de France, Zéline la connaissait de manière très approximative et elle n'avait, entre-autres, jamais entendu parler des Comtes de Toulouse.

La filiation prestigieuse qu'il avait mentionnée au passage ne lui avait fait aucun effet ; elle l'apprenait c'est tout et ne l'oublierait pas.

D'ailleurs, elle n'oubliait rien, était curieuse, demandait des détails, l'obligeant à remonter plus haut dans l'histoire pour mieux la comprendre. Ceci convenait à merveille à Henri ; plus le récit durerait et plus il s'en réjouirait, quitte même à en rajouter si nécessaire !

Elle l'écoutait attentivement, les yeux tournés vers lui dans la pose qu'il lui avait indiquée et c'était comme si, tacitement, ils avaient décidé ensemble d'une méthode pour dialoguer et apprendre vraiment qui était l'autre. Lui, le peintre bohème, le fêtard des cabarets et elle, la jeune fille naïve qui découvrait la France et ces personnages parisiens dont la diversité, la fantaisie, les histoires de vie l'émerveillaient et se situaient bien au-dessus de tout ce qu'elle avait pu imaginer. Elle était avide de tout et lui aurait voulu tout lui donner…

Curieusement, Henri qui aimait travailler dans le silence, racontait en peignant tandis qu'elle, spontanément, avait choisi de grouper ses questions.

Très vite, il y avait donc eu deux parties dans ces après-midis, celle où il peignait en racontant et celle où il répondait à ses questions, toujours le pinceau en main.

Entre les deux, s'était instauré le rituel de la pause, ponctuée par l'arrivée de Sahondra qui posait le plateau du thé sur le guéridon du balcon. Henri attendait ce moment-là qu'il ressentait comme profondément intime.

En toute logique, il avait donc commencé par lui expliquer la géographie familiale, en commençant par ses deux grands-mères qui étaient sœurs et ses parents, Adèle et Alphonse, cousins-germains.

Ce jour-là, dans la deuxième partie de la journée, elle avait demandé s'ils s'étaient aimés et, à vrai dire, la question l'avait embarrassé car même si depuis plus de vingt ans, son père et sa mère étaient séparés de corps et de cœur, on ne pouvait exclure qu'à dix-huit ans et sans aucune expérience, ils se soient crus amoureux.

Cette parenté, ces mariages entre-soi, c'était banal dans l'histoire de la famille. Dès l'enfance, les cousins étaient élevés ensemble, fréquentaient les mêmes lieux, le château de Celeyran dans l'Aude et celui du Bosc où ils couraient dans les mêmes prairies, montaient les mêmes chevaux, caressaient les mêmes chiens et se régalaient de la même cuisine. Tous connaissaient les traditions familiales et tous, un jour, se partageraient le patrimoine commun.

Ceci expliquait peut-être que, l'adolescence terminée, les jeunes membres de cette famille se choisissent souvent un époux ou une épouse dans le cercle restreint où ils avaient grandi.

Pour Alphonse, le père d'Henri, ce n'est qu'après son mariage, à l'âge réellement adulte, que l'horizon s'était élargi avec de nouvelles rencontres et la découverte d'univers dans lesquels il s'était engouffré avec voracité, sans se soucier des dégâts collatéraux immédiats causés à sa femme Adèle et à son fils.

Il faut dire qu'Alphonse était un bel homme doué pour les plaisirs virils de la chasse et des courses en pleine nature mais qu'il avait aussi un goût pour l'extrême et la provocation qui ne se démentit jamais. Il avait des opinions politiques bien ancrées, et pour ne donner qu'un exemple dans une affaire dont on parla beaucoup, il affirma sa position d'antidreyfusard convaincu dès le départ et s'en tint là définitivement.

C'était aussi un original capable de se promener n'importe où dans n'importe quelle tenue ou de traverser le pays pour rejoindre une troupe de musiciens et d'acrobates qu'on lui avait signalée comme venant de Perse. Vivre quelques temps avec eux sous leur tente parce que, allez savoir pourquoi, la Perse était un pays qui le fascinait, était pour lui un comportement auquel il ne voyait rien d'anormal !

C'est pourquoi une existence quotidiennement partagée avec une femme pieuse et raisonnable comme Adèle sans commettre d'écarts, était difficile à envisager pour un séducteur riche, oisif et probablement libertin, qui ne recherchait que son plaisir, aidé en cela par la fortune des Toulouse-Lautrec, bien assise sur les revenus de leurs propriétés. D'ailleurs, plutôt que de fortune au plein sens du terme, sans doute faudrait-il parler d'une très confortable aisance, pas illimitée mais largement suffisante pour avoir évité à la plupart de ses membres l'effort de devoir travailler !

Alphonse, pour sa part, n'y avait jamais songé et s'était installé, à vie, dans son personnage d'aristocrate fantasque qui n'a pas grand-chose à se refuser !

Ceci étant, ce couple disparate avait engendré un fils qui, au fond, tenait des deux.

La fantaisie, l'originalité mais aussi le goût de provoquer ou la manière aristocrate d'être sûr de soi, lui avaient été légués par son père alors que la discrétion, la fidélité et l'intérêt manifesté aux autres, étaient des qualités exclusivement héritées de sa mère.

Deux êtres désaccordés pour en fabriquer un troisième, hybride celui-là et de plus handicapé, conséquence probable de leur si proche parenté. Finalement, les caractéristiques contradictoires qu'il avait héritées d'eux et l'éducation raffinée qu'ils lui avaient donnée ensemble, participeraient tout au long de sa vie à faire de lui le plus séduisant des amis ou le plus haïssable des provocateurs. Dans sa façon d'obliger ses compagnons à partager ses goûts et ses tentations du moment – qu'il s'agisse de ripailler sans limite ou d'aller admirer une toile de Degas ou une estampe japonaise même au milieu de la nuit – il pouvait se montrer dominateur, exigeant et exerçait indubitablement un ascendant certain sur nombre d'entre eux. Cela n'empêchait pas qu'il soit reconnu par les mêmes comme un ami spirituel et généreux, capable d'une extrême délicatesse dans les situations difficiles !

On pouvait le détester mais le plus souvent il était adoré.

Une fois les personnalités de ses parents évoquées, Henri s'était beaucoup attardé sur les aspects joyeux de son enfance, les vacances avec ses cousins dans les propriétés familiales, les courses à cheval, la vaste cuisine odorante où s'affairait la cuisinière et les soirées, où couchés sur le tapis devant la cheminée du salon, les enfants, les jeunes oncles, parfois même le père d'Henri dessinaient tous ces scènes de chasse et de galops à cheval, qui étaient leur univers partagé. « Nous avons tous le mal du crayon… » disaient-il !

Tous savaient dessiner et tous dessinaient la même chose, les animaux dans la nature, les chevaux, les oiseaux, les faucons surtout dont le père raffolait. Un bon coup de crayon tout de suite pour Henri qui, d'année en année, progressait dans la technique grâce aux conseils du peintre animalier Princeteau, grand ami de son père, sourd-muet, qui avait tout de suite repéré le goût et la facilité du gamin pour le dessin, ainsi que son goût pour la caricature.

Zéline qui écoutait ça comme un conte, avait posé des questions, demandé à voir sur une carte de France où se trouvaient les propriétés de Celeyran et du Bosc, celle aussi de Malromé dans le Bordelais que la mère d'Henri avait achetée dix ans plus tôt. Elle se faisait expliquer les paysages, le climat, les cultures, tout.

Après l'évocation d'une petite enfance choyée et turbulente, il avait bien fallu arriver aux périodes sombres, la mort à un an de son jeune frère Richard dont il n'avait guère de souvenirs mais qui lui avait laissé le regret d'être un fils unique, puis celle de la première fracture du fémur à quatorze ans et de la seconde survenue à Barèges, un an plus tard, alors qu'avec sa mère, il suivait une cure pour précisément fortifier ses os.

Jamais il n'a oublié comment, enfant, il a assisté aux métamorphoses insidieuses de son corps. Il connait parfaitement le processus d'installation de toutes les dérives qu'il a subies et comment les jambes et les bras d'un petit garçon construit comme tous les autres, sont lentement devenus ceux d'un adulte difforme.

Au cycle de traitements inutiles qu'il avait alors dû subir, aux séances d'étirements qui le torturaient puis à l'apparition de la canne, il n'avait fait que des allusions modestes et préféré évoquer sa découverte de Nice et de la Côte d'Azur où sa mère, toujours persuadée de l'effet salvateur de l'air de la mer et du soleil pour son jeune fils, l'avait emmené plusieurs fois séjourner. L'adolescent avait été émerveillé par tout ce qu'il découvrait, les palmiers, les marchés aux fleurs, le luxe des grands hôtels et ces étrangers venus du monde entier, qui s'y pressaient en hiver. Tout l'avait enchanté et aujourd'hui, il était heureux d'évoquer cet épisode avec Zéline.

Minimisant toujours les conséquences de ses catastrophes physiques, Henri avait tu le chagrin de sa mère qui perdait espoir de le voir guérir et la déception de son père qui lui avait appris à monter à cheval dès ses quatre ans et voyait désormais son fils comme un infirme, très éloigné des rêves de virilité et de pouvoir qu'il avait nourris pour lui. Cependant, concernant sa petite taille qu'il rendait responsable de bon nombre de ses tourments, il n'avait pas voulu escamoter le problème. Très simplement, il avait expliqué que, bien trop tôt, il avait cessé de grandir ce qui l'avait beaucoup éprouvé. Avec gentillesse Zéline avait fait remarquer qu'être grand n'est pas indispensable :

— Regardez-moi, je suis petite aussi et sans avoir eu vos accidents.

Cela m'est égal, je vis très bien comme ça. Vous êtes grand dans votre art, moi dans rien du tout !

Il ne lui avait évidemment pas fait remarquer que si, en effet, elle n'était pas beaucoup plus grande que lui, ses proportions à elle étaient parfaites, elle était fine et élégante alors que chez lui, tout allait de travers avec sa tête trop grosse pour sa taille, ses lèvres lippues, ses jambes malhabiles beaucoup trop courtes et ses petits bras plantés sur un buste normal ce qui déséquilibrait tout l'ensemble.

Il resterait « Henri patte-cassée », pour la vie et il n'y avait rien à dire de plus !

Et ce n'est pas tout, pensait-il, puisqu'il était affublé, en plus, de cet accent gascon attrapé dès l'enfance et dont jamais il ne se départirait même si parfois en fonction des circonstances, il faisait un effort pour l'atténuer. Quand il était ivre, ce qui arrivait souvent, cet accent ajouté à un très léger zézaiement, devenait alors si présent qu'il en déformait ses paroles et rendait son discours incompréhensible.

Zéline était précisément l'une de ces personnes avec lesquelles il faisait très attention à le contrôler et le fait est qu'il y parvenait assez bien. Sa hantise était surtout de ne pas parvenir à maitriser ses affreux reniflements dont, par pur laisser-aller, il était coutumier et qui étaient, il le savait pourtant, inexcusables de la part d'un homme jeune et réputé bien élevé !

Apparemment, elle n'avait remarqué aucune anomalie dans sa manière de parler, peut-être parce qu'elle-même venait d'un pays où l'on utilise toutes sortes de dialectes. Dans sa façon de s'exprimer, il avait d'ailleurs, dès le premier instant, remarqué la petite intonation chantante, la manière curieuse qu'elle avait de prononcer certains mots et ces R qu'elle roulait très légèrement. Soulagé d'une certaine façon de constater qu'il partageait avec elle cette singularité, il avait bien entendu gardé ses remarques pour lui.

Si, pour un observateur extérieur, leur conversation aurait pu finalement prêter à rire, lui avec son accent du sud-ouest qui détaillait les syllabes et elle qui chantait ses phrases en les ponctuant souvent d'un petit rire enfantin, pour lui, c'était un enchantement.

« Vous êtes grand dans votre art, moi dans rien du tout ! lui avait-elle dit !

Rien du tout ! Pauvre innocente qui planait dans une attitude admirative candide alors que lui vivait avec elle des moments que jamais, jamais, il n'avait connus avec personne et dont il savait avec certitude qu'ils resteraient uniques et inoubliables lorsqu'il l'aurait perdue.

Puisque, cela ne faisait aucun doute, il ne pourrait que la perdre !

IX

Après le récit de son enfance provinciale, il avait abordé celui de sa formation au lycée Fontanes, là où il avait rencontré son ami Maurice Joyant, puis à l'école Rollin où Mallarmé professait l'anglais, ce même Stéphane Mallarmé qu'il retrouverait des années plus tard chez les Natanson. Zéline ignorait tout du poète et sans s'attarder, il enchaîna sur le récit de ses débuts de peintre, toujours aidé par Princeteau, l'ami de la famille.

A Paris, il avait d'abord intégré l'atelier du sévère Léon Bonnat qui avait jugé sa peinture acceptable mais ses dessins « tout bonnement atroces », ce qui n'était pas fait pour l'encourager ! Par chance, il avait dû fermer son atelier à la rentrée suivante et Henri avait atterri chez Cormon, boulevard de Clichy, au pied de Montmartre.

— La vie à Montmartre vous a plu tout de suite ? avait demandé Zéline.

— Non pas du tout, j'avoue que j'ai eu du mal à m'habituer au quartier où tout m'était étranger, les gens, l'ambiance. Au début, je rentrais tous les soirs chez ma mère puis peu à peu, j'ai appris à apprécier son animation et cette population mélangée où se côtoient artistes, ouvriers, jeunes désœuvrés, venus là parce que le quartier n'est pas cher. J'avais juste vingt ans quand je m'y suis vraiment installé, rue Fontaine, pas bien loin de l'atelier Cormon.

Sous la direction du patron de l'atelier, moins exigeante, plus bienveillante que celle de Bonnat, Henri y avait poursuivi sa formation et découvert une approche naturaliste et réaliste qui correspondait mieux à son désir de peindre ou de dessiner ce qui existe vraiment sans idéaliser ni interpréter.

Cette formation à l'atelier avait duré au moins quatre ans et avait été essentielle, en raison de l'enseignement lui-même mais aussi de l'accès immédiat qu'elle lui avait donné à l'univers des artistes. Ses rencontres avec Jean-Louis Forain qu'il n'a jamais cessé d'admirer, Emile Bernard, François Gauzi et surtout Vincent Van Gogh, c'est là qu'il les avait faites.

Les garçons de l'atelier Cormon étaient jeunes et curieux, ils rejetaient l'académisme des vieux maitres, les œuvres de salon vues partout et évoluaient déjà dans un univers très différent. La peinture actuelle des impressionnistes leur ouvrait des perspectives enivrantes : de la lumière, un plein air largement ouvert, des personnages vrais, du ciel, de l'eau.

La vie en somme !

Cette formation et ses échanges avec d'autres peintres, complétées par d'innombrables visites aux Salons et aux expositions, l'avaient fait évoluer peu à peu vers un style et des techniques d'avant-garde et définitivement éloigné des normes académiques.

— Alors vous connaissez tous les peintres ?

— Non, pas tous Zéline, mais j'en connais beaucoup. Des très grands, des maîtres comme Degas par exemple, qui m'a fait l'honneur d'apprécier mon travail et qui pour moi, reste un modèle. Figurez-vous que, pendant plusieurs années, nous avons été voisins !

Dans un immeuble de la rue Fontaine, il habitait au cinquième étage, moi au troisième et il avait son atelier dans la cour.

C'est dire que je le croisais souvent, il m'impressionnait énormément : lui déjà très connu, ami des grands collectionneurs et moi, rien, juste un petit peintre anonyme comme il y en a par dizaines à Montmartre !

Mais il y en a bien d'autres dont j'admire le travail, Monet installé à Giverny, qui connait une très grande renommée, Renoir, qui peint si magnifiquement les femmes. Puis des célèbres aussi comme Puvis de Chavannes dont je ne partage pas les choix de style mais qui a du succès.

Il enchaîne les commandes d'Etat et je ne peux vraiment pas en dire autant ! Tant mieux d'ailleurs, la peinture académique, ce n'est pas mon affaire !

— Et Edouard Manet, je n'en sais presque rien ?

— Ah, Edouard Manet ! Vous avez raison, il faut que je vous parle de lui. C'était un artiste extraordinaire qui a eu énormément d'influence sur tous les peintres d'aujourd'hui et qui est même considéré comme le chef de file des impressionnistes bien qu'il n'ait jamais voulu se reconnaître vraiment dans le mouvement ! Il est mort, il y a dix ans.

Il avait tenté de lui expliquer le rôle de Manet dans la peinture d'aujourd'hui, mais trouvé ses propos si réducteurs et si dérisoires, qu'il était vite passé à Maurice Denis, un véritable ami, puis à Vincent van Gogh.

— Vincent Van Gogh ? Je n'ai même jamais entendu son nom !

— C'est normal, Zéline, personne ne le connaît et pourtant c'est un génie absolu, un fou de la couleur, il sait tout lui faire dire. Je l'ai connu à l'atelier Cormon où il n'a pas étudié bien longtemps et surtout par son frère Théo qui dirigeait à l'époque la galerie Goupil. Nous nous sommes vus très souvent, il s'intéressait à mon travail, à mes portraits surtout mais moi dans sa peinture, tout me fascinait.

Vincent se passionnait pour l'art japonais dont il était très connaisseur et il avait acheté toute une série d'estampes qu'il a exposées au Tambourin. C'est lui qui m'a fait connaître le travail d'Hokusai, devenu très important pour moi.

Au café du Tambourin, j'ai fait un portrait de lui, un pastel que je vous montrerai et avec deux autres peintres, Louis Anquetin et Emile Bernard, nous avons exposé en 1888 je crois, pas dans une vraie galerie mais au Grand Bouillon de l'avenue de Clichy. Il nous appelait « les impressionnistes du petit boulevard » !

— Van Gogh vendait bien ses tableaux ?

— Non, il ne vendait rien, il n'intéressait personne. Van Gogh, c'était quelqu'un de passionné mais de tourmenté, vraiment bien nulle part. Il venait d'Amsterdam, vivait mal à Paris ; je l'ai poussé à partir dans le midi, à Arles, où il s'est rapproché de Gauguin, grand voyageur et grand peintre bien qu'il ne figure pas au plus haut dans mon palmarès personnel ! Il s'est installé là-bas puis ensuite à Auvers, un village au nord-est de Paris et c'est là qu'il a décidé d'arrêter sa vie. Je ne l'avais revu qu'une fois à Paris, très peu de temps avant sa mort.

C'était difficile de parler des peintres. Il citait des noms sans aucune résonance pour elle, évoquait des évènements qui avaient été déterminants pour le succès ou l'échec de l'un ou de l'autre mais dont elle ignorait le contexte et les conséquences.

Et comment surtout évoquer l'essentiel, le trait, la couleur, la lumière, transmettre l'émotion ?

Au fil de leurs rencontres, il lui avait aussi raconté les difficultés intenses que même les plus célèbres des peintres d'aujourd'hui, avaient dû affronter. La misère souvent pendant des années, les brimades, les moqueries, les jalousies, sans parler de l'humiliation et de la déception d'être refusés au Salon de l'Académie des Beaux-Arts comme ils l'avaient tous été, une année ou plusieurs ou même presque systématiquement comme Manet, carrément persécuté par le jury pendant des années ! Il avait évoqué les abominables scandales déclenchés par les toiles du Bain puis de son Olympia, pourtant admirables, mais aussi les échecs de Monet aujourd'hui reconnu comme un maître et les désastres financiers de nombreux peintres du groupe, adoucis par la générosité des plus nantis, les Bazille ou Caillebotte ou même Manet lui-même !

Tout était difficile, rien n'était acquis pour eux, jamais.

Pour Henri, noyé dans ses récits, cet exercice d'éducation était troublant, d'autant que tout de même, il était peintre, pas conférencier !

Si, depuis toujours, il était naturellement bavard, la répartie cinglante, l'anecdote ou le bref trait d'humour constituaient l'essentiel de son registre, bien davantage que le discours organisé.

Il savait aussi qu'il avait des tics de langage, raccourcissant certains mots ou les prononçant avec une sorte d'accent des faubourgs très surprenant dans sa bouche, surtout amalgamé à celui de sa région natale ! Ceci sans parler de sa manie d'utiliser des mots d'argot et des termes à la mode de manière répétitive voire obsessionnelle, ce qui rendait alors ses propos difficiles à suivre et même, lorsqu'il avait bu, totalement hermétiques. En ce moment, par exemple, le mot était tek-nik !

Avec Zéline, il s'efforçait de gommer ces défauts de langage et à donner à ses propos une fluidité et une cohérence dont son éducation lui avait donné les moyens mais dont son style de vie l'avait éloigné. Sans doute qu'il y parvenait plutôt bien puisque, jamais, sa manière de s'exprimer ne sembla la gêner !

Ce rôle qu'il tenait auprès d'elle depuis qu'ils avaient commencé les heures de pose était donc nouveau pour lui et exigeait un travail de mémoire, de concentration et d'expression orale qui l'épuisait d'autant, qu'au fur et à mesure de son récit et en fonction de ses questions à elle, il devenait perfectionniste, mal à l'aise s'il oubliait un nom, un événement ou une date comme si, quelque part, il devait des comptes à ceux qui en étaient les acteurs ou à elle qui n'en perdait pas un mot.

S'ajoutant à l'attention qu'il devait porter à son travail de peintre et à l'émotion amoureuse intense que lui inspirait cette fille, ces efforts – auxquels il n'aurait toutefois renoncé pour rien au monde – avaient quelque chose de surhumain.

X

Insensiblement, les questions de Zéline s'étaient faites plus précises :

— Je commence à retenir les noms des peintres dont vous me parlez et à comprendre comment ils se situent les uns par rapport aux autres mais les femmes, Henri, il n'y a pas de femmes peintres aujourd'hui ?

— Bien sûr que si mais je ne peux pas vous parler de tout à la fois, ma chère Zéline ! Vous êtes insatiable !

— Oui et même plus que vous l'imaginez ! Allez-y, parlez-moi d'elles !

— Bon mais il faut d'abord savoir que les femmes n'ont pas accès à l'enseignement et aux diplômes de l'Ecole des Beaux Arts. Je pense que cette exclusion ne va heureusement plus durer bien longtemps mais pour l'instant c'est comme ça. Elles peuvent apprendre le dessin dans certains ateliers comme l'Académie Julian, d'ailleurs excellent, mais ils sont peu nombreux à être ouverts aux femmes et c'est bien dommage. Parfois, tout de même, elles ont eu pour professeur de grands maîtres comme Corot par exemple qui a enseigné à Berthe Morizot la peinture de plein air. Elle est aujourd'hui la plus connue des femmes peintres et a fait partie du groupe des impressionnistes. On peut dire qu'elle a vécu toute sa vie, qu'elle vit encore, immergée dans la peinture !

Elle est très proche de Degas qui a été le tout premier à remarquer son travail mais aussi amie intime de Renoir et surtout d'Edouard Manet qui a fait d'elle de très nombreux portraits, au moins douze.

Elle a d'ailleurs épousé son frère, Eugène, mort l'année dernière.

— Drôle d'histoire ! Edouard était amoureux d'elle ou quoi ?

— Là, vous m'en demandez trop ! On a beaucoup parlé à propos de ce couple mais personne ne sait vraiment. Non seulement elle a été son modèle préféré mais il l'a beaucoup encouragée dans son travail et l'admirait parce que Berthe Morizot, c'est une personnalité, un vrai peintre que moi aussi, j'admire énormément. Elle a été la première à peindre les femmes dans leur intimité, en chemise, à leur toilette, au saut du lit mais à étudier aussi les femmes modestes dans leurs fonctions de nourrice, de cuisinière ou de blanchisseuse. Pour ça, je me sens très proche d'elle. Ces thèmes-là, c'est tout ce qui m'intéresse et je dois reconnaître qu'elle m'a devancé

— Elle vend bien ses toiles ?

— Eh oui, pas mal du tout, elle a beaucoup exposé et pas seulement en France. L'année dernière, la galerie de mon ami Joyant lui a consacré une exposition exclusive.

— Et les autres femmes peintres ?

— Eh bien, il y a Mary Cassatt, une américaine qui vit en France la plupart du temps et dont le travail est très apprécié.

— Impressionniste aussi ?

— Oui et là encore, c'est Degas, le découvreur de talent, qui l'a repérée très tôt et incitée à rejoindre le groupe des impressionnistes. Elle est très liée à Berthe Morizot et comme elle, s'intéresse beaucoup à l'univers des femmes ;

leurs métiers, leur rôle dans la famille, la maternité. Elle excelle dans le pastel, a beaucoup exposé et, cette année, non seulement Durand-Ruel lui consacre une exposition mais elle a décroché la commande d'une grande peinture murale pour l'exposition universelle de Chicago. Oui, Mary Cassatt, c'est quelque chose, vraiment une grande artiste !

— Ces femmes dont vous me parlez, Berthe Morizot, Mary Cassatt, elles sont jeunes ?

— Non, elles ont une vingtaine d'années de plus que moi, la génération d'avant, l'impressionnisme en plein. Et ce ne sont pas les seules ; il y a aussi Marie Bracquemond, plus discrète, peintre et céramiste qui a appris le dessin chez Ingres, et puis Eva Gonzales, très proche aussi de Manet.

Toutes ont été plusieurs fois exposées au Salon même si, comme les autres, elles y ont été maintes fois refusées !

— Et aujourd'hui ?

— Puisque les femmes vous intéressent, je vous dirai qu'on commence à parler de plus en plus de Suzanne Valadon, qui, elle, est beaucoup plus jeune. Depuis ses débuts Degas la soutient et je l'ai très bien connue parce qu'avant qu'elle ne se mette réellement peindre, elle posait dans plusieurs ateliers, et plusieurs fois je l'ai choisie comme modèle.

Sur la nature de sa très « bonne connaissance » de Suzanne Valadon, Henri ne s'était pas étendu mais Zéline, bizarrement, avait insisté :

— Suzanne Valadon, votre modèle, elle était belle ?

— D'une certaine façon, oui, elle avait un visage intéressant et savait bien prendre la pose mais elle était plutôt vulgaire et souvent désagréable. Les modèles sont souvent comme ça !

C'était vrai et elle avait même d'autres travers qui déplaisaient à Henri comme celui d'être, par-dessus tout, intéressée par son argent et le prestige de sa famille. Il n'empêche qu'il avait beaucoup aimé sa gaieté, sa manière de partager son goût pour les folles soirées au cabaret et surtout les nuits brûlantes qu'elle lui avait données. Depuis leur rupture, c'est vrai qu'il n'avait jamais retrouvé son équivalent et que bien souvent elle lui avait manqué.

Intérieurement, il s'en voulut quand même d'évoquer son ancienne maîtresse avec autant de désinvolture mais, aujourd'hui, sa priorité était Zéline et tant pis s'il était indélicat !

Ce jour-là, elle avait enchaîné sur les modèles :

— Comment les choisissez-vous Henri, expliquez-moi ?

— Tout dépend de ce que je veux faire Zéline, de quoi je veux parler.

Souvent c'est l'expression du modèle, sa façon de bouger son corps qui m'intéresse, parfois c'est un détail, la couleur des cheveux ou alors ce que sa personne représente comme un enfant innocent, une travailleuse, un bourgeois content de lui. C'est difficile de vous répondre.

Je vais vous donner un exemple, Carmen Gaudin est une jeune ouvrière que j'ai remarquée un jour en la croisant dans la rue.

Elle était rousse, pâle, modeste, avait eu des malheurs. Elle était l'incarnation même de la tristesse, de la résignation et en même temps sa chevelure épaisse et les traits marqués de son visage la rendaient remarquable.

Pour moi, c'était le modèle idéal pour ce que je voulais faire précisément à ce moment-là ; elle a posé souvent pour moi.

Tout le contraire, par exemple, du personnage de mon ami Bruant, flamboyant, désinvolte ! Nous nous sommes beaucoup amusés ensemble, en peignant, en écrivant, en chantant. Avec lui, rien de tragique, tout est gai, il vit dans l'humour et la chanson !

Un instant, il avait hésité à lui préciser qu'il adorait chanter, surtout les chansons stupides de cabaret, mais y avait renoncé craignant qu'elle lui demande, ce qui aurait bien été son genre, de lui donner un aperçu de son répertoire ! Evitant une situation ridicule facile à imaginer, il s'était donc arrêté à temps avant de reprendre le fil de son discours :

— Il y a aussi des modèles occasionnels, un voisin, une parente, la femme d'un ami, celle de Wenz par exemple ou un collègue peintre, je pense à François Gauzi, ou bien des situations, des lieux qui mettent en scène des personnages extraordinaires comme, par exemple, le cirque.

Je vous montrerai les scènes que j'ai peintes au cirque Fernando, vous comprendrez tout.

Zéline voulait tout savoir :

— Vous me parlez des galeries, Henri, il n'y a que là, qu'on puisse voir ou acheter des tableaux ?

— Non, bien sûr mais les galeries d'art ne font que ça. Elles recherchent les peintres, les exposent et vivent du résultat des ventes. A Paris, il y a d'autres endroits moins connus, sauf des peintres et des amateurs-fouineurs, comme la boutique du Père Tanguy par exemple.

Lui, c'est un vrai personnage de roman, d'abord commerçant dans la charcuterie, puis cheminot. Militant très actif pendant la Commune, il a même failli être condamné à mort ! Les couleurs l'ont sauvé ! Il a appris à les broyer, à les préparer puis à les vendre aux peintres.

La passion de la peinture lui est tombée dessus, et celle des impressionnistes en particulier. Il a ouvert une boutique de marchand de couleurs, rue Clauzel, que tout le monde fréquente, les peintres eux-mêmes, les critiques, les amateurs et son arrière-boutique recèle des trésors.

On n'imagine pas tout ce qui est passé par là ! C'est là que se sont rencontrés Cézanne et Van Gogh dont je vous ai parlé.

Pissaro, Monet, Renoir, Gauguin et bien d'autres, dont moi d'ailleurs, y exposons. Comme ça, très simplement. Des toiles que Tanguy achète, qu'on lui laisse en dépôt, qu'il vend ou conserve.

Au contraire des vraies galeries, chez lui, tout est possible, y compris déjeuner dans sa boutique ou pleurer pour avoir des couleurs gratuitement ! Tanguy, c'est un généreux !

— Il y en a d'autres comme lui ?

— Oui, il y a aussi Le Barc de Boutteville, très différent. La galerie ne vendait que des tableaux anciens puis le patron a pris goût à la peinture d'aujourd'hui. Depuis deux ou trois ans, il y multiplie les expositions et fait cette année la quatrième avec des peintres impressionnistes et symbolistes.

J'ai exposé là, avec un autre groupe de peintres un peu différents, Paul Sérusier, Bonnard, Vuillard, Maurice Denis et quelques autres. Entre eux, ils s'appellent des Nabis, des prophètes en quelque sorte d'un nouveau style de peinture !

Les artistes, c'est comme ça, ils cherchent à se définir, se regroupent, se trouvent des noms ou au contraire, n'aiment que l'indépendance ! Comme moi par exemple, vous le savez !

— Alors on peut dire que Tanguy et lui, chacun dans leur genre, aident énormément les peintres d'aujourd'hui à se faire connaître ?

— Oui, absolument mais arrêtez-moi, je vous en prie, quand je commence à parler des peintres et de galeries, c'est sans fin…

— Vous ne m'ennuyez pas Henri, puisque c'est moi qui vous pose des questions. Je voudrais me souvenir de tout, être un peu moins ignorante de ce qui se passe à Paris !

Après quelques temps, Henri s'était aperçu qu'à propos de la peinture et des peintres, Zéline en savait plus qu'il ne croyait. Elle faisait des allusions à des faits ou des artistes dont il ne lui avait pas parlé, posait des questions presque professionnelles.

Cela l'inquiéta. Ou elle étudiait seule parce que le sujet la passionnait ou, pire, elle avait une autre source d'information ?

Il en éprouva comme une morsure de jalousie.

On empiétait sur son terrain. Il l'avait connue au degré zéro de la culture artistique et détenait donc implicitement le monopole de sa formation !

Un jour, il n'y tint plus et posa la question :

— Je sais bien que je vous ai parlé de Berthe Morizot mais comment savez-vous Zéline, qu'elle a participé au 1er Salon des Impressionnistes chez Nadar ? Vous venez de me le dire à l'instant et nous n'en avons jamais parlé ?

Zéline s'était mise à rire :

— Je suis une curieuse Henri, vous l'avez remarqué et je sais combien vous vous donnez du mal pour m'expliquer le travail des peintres, leurs œuvres, leur monde. Je vous en suis plus reconnaissante que tout ce que vous pouvez imaginer mais je ne peux pas prendre tout votre temps.

Ce que vous m'avez dit de Berthe Morizot m'a intriguée, je trouve sa peinture émouvante, lumineuse, je suis complètement séduite, je voulais en savoir plus. Je la vois comme une femme libre malgré toutes les contraintes de notre époque. Alors, maintenant que je connais mieux Paris et à partir de ce que vous m'avez dit des galeries et des lieux d'exposition, j'y vais et je pose des questions.

— Toute seule ?

— Non, toujours avec Sahondra qui apprend en même temps que moi. Je veux aller voir le prochain Salon des Artistes français, celui des Indépendants, je veux aller partout ! Vous m'avez donné la curiosité et le goût de la peinture, je veux apprendre.

Rassuré, il l'avait écoutée lui commenter ses découvertes ; elle avait vu des toiles de Berthe Morizot mais de bien d'autres aussi sur lesquels elle s'était mise à lui poser des questions : Qui est Bazille ? Que pensez-vous de Fantin, de Gervex ? de Courbet ? Parlez-moi de Daumier, de Caillebotte, de Whistler ? L'école de Pont-Aven, c'est quoi exactement ? Qui en a fait partie ?

A partir des grandes bases qu'il avait tracées pour elle, elle avait découvert un univers dans lequel elle voulait pénétrer plus profondément mais ça n'allait pas assez vite à son goût !

Zéline était une femme pressée, elle avait pris les choses en mains.

Il était sidéré par son enthousiaste et sa volonté d'apprendre mais cette fois, Lautrec était débordé !

XI

Au cours de ces semaines où ils se virent si fréquemment, Zéline et Henri avaient passé l'essentiel de leur temps chez elle en raison des séances de pose et des interminables conversations qui les prolongeaient.

S'il s'exprimait avec franchise, Henri évitait soigneusement de faire allusion à certaines de ses caractéristiques connues de tous sauf d'elle, comme son alcoolisme ou sa grande proximité avec les prostituées, sans parler de sa tendance aux débordements verbaux et de sa propension à traîner avec des inconnus jusqu'au fond de la nuit. Encore qu'il se soit souvent demandé si elle en était si ignorante que cela !

Pour une fois, il n'assumait pas du tout son personnage d'artiste fêtard parisien au profit de celui de l'aristocrate bien élevé et respectueux des traditions, tel que ses parents l'avaient construit. Avec elle, il ne se privait pas d'évoquer les personnalités les plus représentatives de sa généalogie ni tout ce qui pouvait correspondre à ce que Zéline, là-bas dans son île, avait pu imaginer de la bonne société française. Il oubliait l'argot, les phrases construites n'importe comment, les plaisanteries graveleuses et parlait le français impeccable de sa mère, sans effort d'ailleurs.

Ce n'était pas lui mentir puisque, de la manière la plus authentique, il était cela aussi mais à Paris depuis longtemps, ce n'était pas cet aspect de lui-même qu'il présentait aux autres. C'était même, précisément, ce qu'il s'efforçait de laisser dans l'ombre !

Depuis qu'ils se connaissaient, ils étaient sortis ensemble plusieurs fois, cinq fois très exactement, plus une séance qu'on pourrait qualifier de travaux pratiques quand, à son atelier, il lui avait montré en détail son matériel technique puis longuement expliqué comment on réalise une lithographie. Il avait insisté sur le long travail de dessin sur la pierre puis sur les étapes successives de la mise en couleurs, si délicates à réaliser. Pour qu'elle comprenne bien, il avait pris en exemple ses affiches publicitaires, celles de Bruant, du Moulin Rouge, du Divan Japonais…

A propos des toiles consacrées au Moulin de la Galette ou au Moulin Rouge, elle l'avait longuement interrogé. Les personnages représentés l'intriguaient, les danseuses autant que le public. Elle l'avait interrogé sur ces hommes et ces femmes mis en scène mais aussi sur la tenue des uns et des autres et sur le décor du cabaret avec ces luminaires ronds éclairés au gaz. Elle y voyait une ambiance de gaieté et de liberté du vrai Paris qui la faisait rêver et la poussait à exiger des détails, demandant une description du gigantesque éléphant en bois qui dominait le jardin et voulant tout savoir du spectacle et du déroulement des soirées. Cela ne faisait pas du tout l'affaire d'Henri qui avait escamoté depuis le départ ce côté dissolu de sa vie et voulait s'y tenir !

Ce jour-là, il s'était efforcé de rester évasif et de s'en tenir à des considérations générales sur les lieux ou les occasions d'exposer ses tableaux et avait fini par l'orienter sur le pastiche du « Bois sacré » qu'elle avait repéré, perché tout en haut. Elle avait grimpé sur l'échelle pour le voir de près et en avait ri éperdument, enchantée de la capacité d'autodérision d'Henri, jamais choquée de rien. Il avait démoli Puvis de Chavannes, entrainant dans sa chute d'autres peintres confits d'académisme comme Cabanel, Flandrin, Gérôme, le Bonnat détesté de ses débuts ou même Cormon qu'il appréciait en tant qu'homme mais dont il n'aimait pas la peinture.

Bref, il avait tout fait pour détourner la conversation !

Assez vite aussi, il lui avait proposé de l'accompagner à la galerie de Maurice Joyant mais avait cependant choisi un jour où son ami était absent. Depuis leur rencontre dans le train, il n'avait jamais parlé d'elle à personne, pas plus à Maurice qu'à quiconque.

Ils avaient parcouru la galerie ensemble. Henri commentait les œuvres des artistes exposés, expliquait, donnait des détails. Zéline, attentive comme à son habitude, posait de bonnes questions sur les toiles présentées ce jour-là : des Corot, des Millet, des Daubigny, des peintres sur le travail desquels il pouvait s'appuyer pour lui expliquer la suite et notamment, l'apparition des impressionnistes. Au passage, il avait précisé que, quelques mois plus tôt, c'était ses dessins et ses toiles à lui qui étaient exposés ici. Il lui avait raconté le partage de l'exposition avec le graveur Maurin et glissé l'appréciation de Degas d'autant plus plus précieuse qu'il le considérait comme le plus sûr des experts !

Elle l'avait félicité avec des mots extrêmes, sans s'étonner de cette remarque de reconnaissance puisque le talent d'Henri était une évidence, la preuve étant qu'elle même, pourtant pas compétente, l'avait vu tout de suite !

Ils en avaient ri ensemble, Henri l'avait remerciée.

Lorsque, plus tard, Maurice l'avait interrogé sur l'identité de la visiteuse, il était resté évasif :

— C'est la fille d'une amie de ma mère de passage à Paris, je la connais peu, oui elle est plutôt charmante, je sais juste qu'elle va se marier bientôt…

Il avait réalisé à ce moment que même à son meilleur ami, il ne pouvait pas parler d'elle.

Pour leur seconde sortie, Henri avait proposé le spectacle de Loïe Fuller, une américaine récemment arrivée en France, qui dansait dans un tourbillon de voiles et de couleurs, à un rythme si époustouflant qu'elle finissait son numéro, disait-on, presqu'évanouie. Son spectacle qui associait musique, lumières et mouvements, affolait les spectateurs, les artistes, les techniciens de l'électricité, tout le monde.

Depuis toujours, Henri est passionné par le mouvement et la vitesse. Ceux des courses de chevaux l'ont toujours captivé et, au cirque, ce qu'il observe avec le plus d'attention, ce sont les prouesses physiques des trapézistes qui s'envolent et des acrobates, capables de tout faire avec leur corps.

Depuis peu, il s'intéresse aussi au vélo, un sport de plus en plus populaire. Il l'a découvert dans le vélodrome Buffalo de Neuilly que dirige Tristan Bernard et où, fréquemment, il va observer les cyclistes avec d'autant plus de curiosité qu'ils pratiquent la chose la plus fascinante qui soit pour lui : grimper sur une selle, attraper le guidon et actionner les pédales pour avancer le plus vite possible !

Un geste simple, à la portée de presque tous mais inaccessible pour lui.

La danse de Loïe Fuller justement, c'est à la fois le mouvement et la vitesse et il en connait déjà le principe puisque, dès sa première apparition en public l'année d'avant, il avait tout de suite voulu la voir !

Cette fois, ses *Danses serpentines* se donnent aux Folies Bergères et Zéline ne s'est pas fait prier pour l'accompagner. Il a acheté deux billets, s'est habillé en dandy chic et la soirée a été étourdissante.

Sur une sorte de plateau lumineux translucide, l'américaine enveloppée d'immenses voiles légers, tourbillonne en leur imprimant de vastes mouvements ondulants grâce à des tiges fixées à ses bras, qu'elle fait bouger dans tous les sens. Des jeux de lumière électrique changeant à chaque instant, jouent sur la transparence des voiles et des miroirs démultiplient les arabesques à l'infini. Toute la scène est occupée par cette présence lumineuse et colorée qui virevolte en tous sens !

C'est bleu, jaune, mauve, rose, c'est rapide et fait tourner les têtes.

Le spectacle est grisant, ne ressemble à rien de ce qu'on connaît déjà et on peut comprendre en effet que la danseuse termine cette performance sportive hors normes, vidée de toutes ses forces !

Ce que Loïe Fuller était parvenue à faire ce soir-là était encore plus spectaculaire que ce qu'il avait déjà vu et ils étaient sortis, elle, très impressionnée et lui, bien décidé à reprendre les premiers croquis qu'il avait ébauchés et à tenter de d'approcher la danseuse, même si la dame avait la réputation d'avoir un sale caractère et d'être d'un abord difficile.

Cela s'était d'ailleurs vérifié assez vite et même s'il travailla à plusieurs huiles sur papier et sur carton et réalisa des lithographies retravaillées à la couleur et à la poudre d'or qui rendaient parfaitement la puissance et l'élégance de sa *Danse du feu* par exemple, il ne parvint jamais à l'intéresser à son travail et sans l'avouer, en fut assez vexé !

Une autre fois, un dimanche, ils assistèrent à la grand-messe à Notre-Dame, après qu'il eut pris la précaution d'arriver bien en avance afin d'avoir le temps de lui montrer la cathédrale. Il la connaissait évidemment mais ne faisait pas partie des fidèles réguliers, loin de là.

Passé le choc de la première impression de tout visiteur qui y pénètre pour la première fois, il prit donc le parti d'insister sur les volumes, l'architecture et les vitraux qui, grâce au temps superbe de cette matinée-là, faisaient la part belle aux mouvements de la lumière. Il osa même quelques comparaisons avec les effets qu'avaient pu peindre plusieurs artistes qu'elle connaissait déjà.

Zéline circulait, le nez en l'air, visiblement émue de se trouver dans cet endroit sacré dont on avait dû lui parler comme du plus bel édifice religieux du monde.

En fin de parcours, pour rompre avec l'émotion ambiante, il risqua une allusion au roman de Victor Hugo et aux aventures de Quasimodo le sonneur de cloche. Elle n'en avait jamais entendu parler ; il n'insista pas.

L'office commencé, il la vit prier, agenouillée, les yeux fermés. Son visage de jeune femme recueillie lui fit penser à celui de sa mère qu'il avait si souvent observé aux offices religieux ou chez elle lorsqu'il la surprenait dans sa prière du soir.

En sortant, elle lui parla de son éducation religieuse à Madagascar, de sa foi.

Elle était sincère, émouvante et lui l'écoutait distraitement, observant sa jolie bouche et tout occupé de son désir brûlant de la prendre dans ses bras, là comme ça, en pleine rue ! Alors qu'il en était là de ces réflexions d'homme amoureux, elle avait glissé son bras sous le sien et, le plus tranquillement du monde, avait marché à côté de lui jusqu'à son immeuble, comme elle l'aurait fait, se dirait-il plus tard, avec un mari.

En le quittant devant le portail, elle avait dit simplement :

— Merci mon cher Henri, de m'avoir accompagnée à cette messe qui m'a tant émue et merci pour cette promenade. Vous êtes présent, attentif, vous savez tout. Vous m'êtes devenu un ami si précieux.

Merci Henri, velum, à demain !

« Vous m'êtes devenu un ami si précieux » c'était charmant, mais il n'empêche qu'elle le plantait là, sur le trottoir, le cœur serré, les jambes fauchées, l'esprit en tempête !

Une fois de plus, il allait se traîner jusqu'à son atelier, boire et boire encore jusqu'à, pour quelques heures, l'oublier.

Un peu plus tard, à son initiative à elle, ils firent ce qui fut presque un voyage initiatique.

L'objectif de Zéline était de lui présenter des fruits, des légumes et toutes sortes de produits et d'épices de son île. Elle en évoquait parfois certains mais de la plupart d'entre eux, Henri ne savait rien.

Elle avait une adresse dans le quartier de la Madeleine, ils y allèrent ensemble.

Au magasin Hédiard où Henri n'avait jamais mis les pieds, elle redevint la petite malgache qui connaissait le goût et le nom de fruits et de légumes inconnus, d'épices aux saveurs indescriptibles. Dans le magasin parfumé, elle avançait, très à l'aise, palpant un fruit qu'il ne pouvait identifier, glissant ses doigts dans des sacs de jute pleins de café ou de riz. Elle était sûre d'elle, lui indiquant d'un mot, le nom d'une épice, une plante, un fruit dont il n'avait jamais entendu parler et dont elle savait tout.

L'univers exotique de cette belle boutique charma Henri qui circulait entre les grands pots transparents pleins de poudres de couleur, les pyramides de fruits inconnus en équilibre dans des corbeilles et les sacs débordants de graines. Les parfums lui tournaient la tête, la voix de Zéline se perdait au milieu de cette profusion de formes et de couleurs.

De retour chez elle, elle déballa ses fruits, disposa les litchis, les mangues, la goyave, l'ananas, la papaye, les grenadilles dans ces corbeilles qu'elle disposait partout et respira longuement les sachets d'épices, la cannelle, les morceaux de gingembre et la citronnelle. Tout de suite elle commença à préparer les mangues.

— Vous allez voir, Henri, c'est le fruit des Dieux, suave, doux, tendre, plein de surprise, c'est une merveille. Nous allons tout manger, annonça-t-elle avec gourmandise.

Elle avait pris une planche en bois, un couteau aiguisé, posé délicatement un des fruits sur son côté le plus étroit et tranché les deux parties bombées de chaque côté d'un noyau qui se révéla oblong, presque plat et complètement enchâssé dans la chair du fruit.

Henri, tout près d'elle, suivait les opérations. Il observait ce fruit inconnu dont la texture de la peau lui rappelait celle d'une poire mais de couleur jaune-rosée et de forme très différente, plus arrondie, plus allongée avec ce noyau central qui ressemblait à un os plat. Après avoir posé les joues de la mangue sur de petites assiettes blanches, il la vit enlever avec précaution l'étroite bande de peau qui restait autour du noyau, le saisir avec deux doigts de chaque main puis fermer les yeux et commencer à mordiller et le sucer. Il la regardait faire, d'abord surpris puis bouleversé par une émotion incontrôlable. Elle enfonçait ses petites dents blanches dans la chair orangée de la mangue, accompagnant le geste d'un petit sifflement mouillé des lèvres tandis que des gouttes du jus sucré coulaient sur son menton. Peu à peu, le noyau apparaissait plus blanc que la chair, fibreux, et elle le faisait doucement pénétrer dans sa bouche encore et encore pour ne rien perdre de la saveur du fruit mais sans se rendre compte de l'effet dévastateur que cette scène produisait sur Henri. Paralysé de stupéfaction devant le naturel de cette fille qui dégustait sa mangue avec une telle sensualité, il se dit plus tard que personne, jamais, ne lui avait offert un spectacle aussi puissamment érotique.

Toujours avec la même simplicité, elle rouvrit les yeux, posa son noyau totalement dépecé, attrapa un petit mouchoir pour essuyer son menton et ses mains et poussa un soupir de plaisir :

— Ah mon cher Henri, c'est tellement bon et il y avait si longtemps que je n'en avais pas mangé comme ça avec mes doigts, un vrai délice ! J'ai commencé par le noyau parce que c'est difficile de le manger correctement. Vous, vous n'auriez pas su, c'est votre première mangue ! Maintenant, vous allez goûter !

Henri, les jambes en chiffon, s'était assis dans un fauteuil et discrètement essuyé le front. Il avait froid, il avait chaud, il sentait son cœur emballé et ses lèvres devaient être écarlates. Il osa tout de même demander un verre d'eau, qu'inconsciente de l'état d'excitation dans lequel elle l'avait mis, elle lui tendit avec une remarque ne correspondant en rien à la situation :

— Excusez-moi Henri, c'est vrai qu'il fait très chaud et je ne vous ai rien proposé à boire.

Il ne releva pas la phrase, but son eau, sortit respirer sur le balcon tandis que, toute mobilisée par le test des mangues, elle lui préparait une petite assiette pour la dégustation, tout en lui expliquant comment poussaient les mangues, dans quelle région, à quelle saison, sans lui faire grâce d'un détail.

Pour reprendre ses esprits, Henri fit appel à une des règles de base de son éducation : toujours cacher ses émotions. Cela l'aida grandement à assumer la situation et il réussit à se montrer à la hauteur de son attente pour déguster les morceaux du fruit qu'elle avait préparés.

— Vous avez raison Zéline, c'est un délice qui ne ressemble à rien de ce que je connais ! Merci, je fais des découvertes !

Il mentait. La gorge encore serrée et la tête pleine d'images torrides, il aurait été incapable de distinguer un radis d'une fraise !

Saturé d'émotions, il écourta sa visite après qu'elle l'ait alléché en lui annonçant la suite du programme : la prochaine fois, elle lui présenterait les litchis !

La séance suivante fut abrégée. Elle lui annonça qu'elle devait rejoindre sa famille à Saint-Malo pour quelques semaines mais qu'elle serait de retour à Paris au mois de septembre.

L'avancement du portrait, les conversations inlassables et les tests de dégustation, allaient devoir marquer une pause. Les litchis attendraient son retour tout comme leur cinquième sortie ensemble. Elle le préviendrait dès son retour, cela allait de soi.

A propos de la Bretagne, elle ne lui posa qu'une seule question qui le surprit et qu'il ne comprit que plus tard :

— Croyez-vous que je pourrai nager là-bas ? C'est possible ? La mer doit être froide ? Est-elle transparente ?

Il était resté évasif, l'encourageant simplement à essayer.

Elle le quitta comme on quitte un intime : Velum mon ami !

XII

Zéline lui avait indiqué approximativement la durée de son absence, Henri n'était pas inquiet. A peine partie, elle lui manquait déjà, son image ne le quittait pas mais il était sûr de la voir revenir – non pas pour le retrouver, lui, il était bien trop modeste pour imaginer ça – mais en raison d'un événement familial incontournable.

Le mariage de sa cousine qui avait été le prétexte de son voyage en France, aurait lieu début octobre, à Paris ; il savait qu'elle serait obligée de rentrer à Paris pour aider aux préparatifs de la cérémonie et y assister le jour venu.

Elle lui en avait déjà longuement parlé, détaillant la liste des invités, celle des cadeaux prévus, la destination du voyage de noces choisie par le futur mari, fonctionnaire dans une administration dont il n'avait pas retenu la nature. A dire vrai, tous ces détails qu'il écoutait distraitement, l'intéressaient peu.

Ce qu'il aimait, c'était l'enthousiasme de Zéline, le fait qu'elle le choisisse comme interlocuteur et par-dessus tout, les mouvements de sa jolie bouche et son sourire dont, en rentrant chez lui, il faisait des croquis.

A propos de son absence, il avait décidé qu'elle devrait être abordée calmement et ne pas être vue comme une souffrance mais plutôt comme une pause dans ce rythme émotionnel intense qu'il avait vécu depuis l'instant où elle avait bondi dans son compartiment. Elle était partie voir sa famille, c'était simple, sans ambiguïté ; elle le lui avait dit, il l'attendrait.

D'ailleurs, en toute honnêteté et bien qu'il se sente de plus en plus séduit par la personnalité de Zéline et que le désir fou qu'il avait d'elle le rende malade, il devait reconnaître que son absence l'arrangeait un peu.

Ces semaines passionnées lui avaient fait négliger son travail, s'éloigner de ses amis et l'avait obligé à sortir de la peau du Lautrec de Montmartre, le boute-en-train, le pochard bien connu ! Il était devenu aussi quelqu'un de très fatigué aussi parce que leurs conversations, alors même qu'il devait se concentrer sur le trait et le pinceau, le vidaient de ses forces.

Il en avait mal partout, rentrait cassé chez lui.

Il manquait donc de repos mais aussi, intensément, de femmes et d'alcool. Dans la vie ordinaire d'avant elle, il en avait été un consommateur effréné et il en gardait le goût intact même s'il avait dû modérer ses habitudes en raison des circonstances.

Henri se connait bien. Son appétit de caresses et de jouissance n'étant jamais rassasié, ses besoins sexuels sont considérables et il sait combien les satisfaire est difficile si les rencontres ne sont pas tarifées. Plus que bien d'autres, il est donc obligé de s'organiser et depuis qu'il a rencontré Zéline, c'est encore plus compliqué !

Elle partie, il a donc passé d'abord quelques jours de récupération chez lui à dormir et à boire à son rythme et quelques nuits à rétablir son équilibre intime chez les filles de la rue des Moulins. Ceci fait, il s'est accordé plusieurs soirées au Jardin de Paris avec la danseuse Jane Avril dont il ne cesse d'apprécier l'élégance et le charme et d'autres aussi au Mirliton, à rire et à reprendre en chœur les chansons de son vieil ami Aristide Bruant qui a été l'un de ses premiers initiateurs de sa vie à Montmartre du temps du Chat Noir. Très tôt, Bruant a proposé à Henri d'exposer ses toiles dans son cabaret et de publier ses dessins dans la revue *Le Mirliton*. Finalement, ces illustrations signées Lautrec et inspirées le plus souvent par les chansons de Bruant lui-même, auront été les premières d'une longue série puisqu'Henri ne compte plus les revues de tous genres dans lesquelles il en a publié, à cette époque et plus tard, au hasard des commandes qui sont tombées: *Le Paris illustré, le Courrier français, le Rire, le Figaro illustré...*

Pour son spectacle aux Ambassadeurs, le patron du théâtre, plus que réticent face à la modernité du style, avait d'abord refusé l'affiche percutante qu'Henri avait créée ! Le chanteur l'avait alors vigoureusement imposée, allant jusqu'à menacer de rompre le contrat s'il ne l'acceptait pas. Il avait eu raison, l'affiche a connu un énorme succès et le spectacle aussi !

Tout cela les a encore rapprochés et on peut dire que Lautrec et Bruant se plaisent et s'admirent réciproquement, peut-être parce que chacun d'eux, avec son mode d'expression basé sur l'observation et la libre parole, est aussi libre, indépendant et créatif que l'autre.

Ensuite, il est allé boire un coup avec les danseuses du Moulin Rouge, Jeanne Weber, cette Goulue qu'il a déjà si souvent mise en scène sur la toile mais aussi ses compagnes, les Grille d'égout, Nini pattes en l'air, Sauterelle, Demi-Siphon, Vol-au-Vent ou la Môme Fromage que le patron a peu à peu débauchées des autres cabarets parisiens. Il voue au Moulin Rouge, une tendresse particulière car non seulement il lui doit son vrai décollage professionnel avec l'affiche de 1891 mais aussi parce que, depuis l'ouverture, sa grande toile *Au cirque Fernando* est accrochée à l'entrée du cabaret ce qui, tout de même, lui fait une belle publicité !

Henri entretient avec cette toile des relations très spéciales. Il considère qu'elle est réussie et qu'elle lui a porté chance depuis qu'Octave Maus, secrétaire du Cercle artistique avant-gardiste des XX à Bruxelles, l'avait repérée. Il avait alors invité Lautrec à participer au Salon de cette année-là, où le peintre avait présenté onze tableaux dont évidemment celui-ci. Pour le jeune peintre de vingt-quatre ans qu'il était à l'époque, c'était tout de même comme une certaine reconnaissance de son travail d'autant qu'ensuite, pendant trois ans, il avait à nouveau participé à ce Salon des XX !

Seul, Henri a aussi rallumé ses cigares et retrouvé son cocktail préféré cognac-absinthe, le bien-nommé « tremblement de terre », que personne ne devrait jamais boire tant il vous jette du feu dans les veines !

Puis, diverses affaires professionnelles devant être réglées, il a tout fait très sérieusement : les rendez-vous, le courrier, les visites. Il a aussi apporté les dernières touches au portrait de Monsieur Delaporte en cours depuis trop longtemps et qu'il doit absolument achever.

Ce programme de remise aux normes lui a fait du bien d'autant plus qu'il a eu la surprise de recevoir rapidement une petite carte de Zéline pleine de charmantes banalités, qu'il a lues et relues, son cœur battant comme celui d'un adolescent !

Tout cela l'a remis en forme mais, de sa passion amoureuse, il n'a rien raconté à personne. Il pense sans cesse à elle mais calmement, sans torture et cela le surprend, lui le passionné, l'impatient. Sans se risquer à parler d'amour, ce à quoi il n'ose même pas rêver, la simple idée qu'ils soient devenus de vrais amis le comble.

Enfin, ayant réglé les urgences professionnelles, renoué avec les amis et satisfait aux besoins primaires, il a rangé sommairement son atelier puis acheté un billet de chemin de fer pour Taussat, au bord du bassin d'Arcachon.

C'est là qu'il va commencer ses vacances, chez Louis Fabre, un avocat d'Agen qu'il n'a connu qu'assez récemment mais qu'il a persuadé d'acheter la Villa Bagatelle, une maison qu'il adore. Fabre qui achève à peine l'aménagement de sa nouvelle maison, a immédiatement commandé un bateau à Arcachon et ceci enchante Henri qui projette déjà de longs séjours chez Fabre, puisqu'après tout s'il a cette jolie maison, c'est grâce à lui !

Mettre son corps dans l'eau, nager, faire du bateau, se promener sous les pins avec ses amis puis passer voir sa mère à Malromé, constituent un programme qui devient comme une urgence.

Dans l'immédiat donc et sans penser au long terme, Henri est un homme heureux !

XIII

Le bassin d'Arcachon, il le connaît par cœur.

Sa mère l'y a emmené pour la première fois alors qu'il avait huit ans. Un premier été avec ses cousins Tapié de Celeyran, quatre gamins plus ou moins de son âge avec lesquels il jouait sur la plage.

D'emblée, dans l'eau fraîche du Bassin, il s'était senti rasséréné, tout comme en respirant ce fameux air qui mélange l'humidité de la mer et les senteurs résinées des pins des Landes et qui a justifié qu'on aménage dans la ville d'hiver, des villas à grandes vérandas où s'allongent les tuberculeux, les asthmatiques, les convalescents. Tous n'en reviennent pas guéris, certains y meurent, mais beaucoup vont mieux.

Très vite, il avait su nager, diriger un bateau à voile et, plus tard, avait même gagné des régates ; malgré sa myopie, il s'était mis au tir aux pigeons avec succès. Il avait suivi des entraînements de canotage, appris à pêcher et s'inspirant de ce que son père lui avait enseigné, avait même pratiqué la pêche au cormoran en misant tout de même sur le côté spectacle de la chose !

A Arcachon, il avait noué des amitiés durables avec des fidèles du lieu comme Paul Viaud ou le Docteur Robert Wurtz, confrère de son ami Henri Bourges dont il partage depuis longtemps l'appartement de Paris et aussi beaucoup fréquenté ses cousins Pascal. Aujourd'hui encore, chaque séjour est comme un plaisir enfantin sauf, qu'en plus, il dévore les huîtres du Bassin sans modération, des mollusques bien frais à goût de noisette qu'il arrose de vin blanc, sans aucune modération non plus.

Henri n'a jamais possédé de bateau personnel mais largement utilisé ceux des autres pour le plaisir de la voile, de la pêche ou de la traversée jusqu'au Cap Ferret où, en débarquant, il a toujours l'impression d'arriver dans un autre pays, plus sauvage, moins peuplé. En bon aristocrate, il sait comment se décharger des problèmes d'intendance, ne s'encombre pas de détails d'organisation, trouve de l'aide, mise sur les bonnes volontés ! Souvent, avec son accompagnateur du jour, ils traversent la pointe qui séparent le Cap Ferret de l'océan pour aller nager dans les rouleaux.

Au bord du bassin, il a toujours vécu une autre vie où le sport a sa place et lui permet d'oublier quelques temps son handicap. Ces vacances, il en est fou !

Le séjour auquel il se prépare cette année est un peu particulier car, avec quatre de ces amis, ils ont fait le projet d'une longue balade en canot sur les lacs du sud d'Arcachon, en gros de Cazaux à Mimizan en traversant l'étang de Cazaux puis celui de Parentis pour finir à Mimizan, en utilisant les petits canaux de liaison. Le parcours est plus aventureux que vraiment dangereux, surtout pour lui qui sait très bien manier les rames et nage comme un poisson mais il leur faut quand même prévoir l'organisation d'un périple de trois ou quatre jours avec bivouac pour dormir et cuisine très sommaire sur les berges, sauf s'il s'en mêle pour tenter de l'améliorer.

Ils doivent s'attendre à rencontrer des rochers ou des arbres en travers du parcours et à affronter des corvées comme devoir pousser voire porter le canot dans les passages délicats ou écoper l'eau qui clapote au fond. Ils s'exposent aussi à étouffer de chaleur et à crever de soif car nous sommes au mois d'août, il ne faut pas l'oublier.

Il n'empêche que l'idée enchante les cinq célibataires, Viaud, le plus âgé, ancien armateur, le Docteur Bourges, Maurice Guibert qui se chargera de photographier l'ensemble de l'opération et Louis Fabre chez lequel il séjourne donc à Taussat dans cette Villa Bagatelle qui lui plait tant.

Au cours de ces dernières semaines à Paris, il s'était d'ailleurs préparé mentalement à devoir renoncer à cette équipée car, en aucun cas, il n'aurait quitté Zéline pour quelques jours de sport et de beuveries avec une bande de viveurs, si chers soient-ils, alors que chaque instant passé avec elle était comme un miracle. Par chance, c'était elle qui avait pris les décisions et quitté Paris ; n'avoir pas eu à choisir et n'avoir été obligé à aucun renoncement l'autorisait à pouvoir profiter intensément de toutes les opportunités de ces vacances. Rien ne le retenant à Paris, monter dans un train pour aller vivre le temps de ses vacances comme d'habitude avait donc été ce qu'il pouvait faire de mieux !

A la petite gare de Taussat, Henri a terminé son voyage et s'est posé quelques jours chez Fabre avant le début de l'équipée sur les lacs. Immédiatement, il a enfilé son costume de vacances, semblable à celui des marins du Bassin : pantalon rouge légèrement enroulé sur les mollets, casquette bleu foncé et maillot de jersey. Puis il a renoué avec les plaisirs très physiques et très simples qu'il recherche dès qu'il est là-bas : s'allonger sur le sable chauffé par le soleil et nager tout nu au large. Il les trouve ici et y tient par-dessus tout parce que c'est sa tradition à lui et que le temps prend alors une autre dimension.

Le sable est toujours son premier rituel : il doit être fin et très sec car, mouillé, il ne convient pas pour un premier contact. Il gratte, la température n'est jamais la même, il n'y a pas de douceur. Il part donc tout seul, choisit son lieu, silencieux et peu fréquenté, son heure, de préférence la fin de la matinée après que le soleil ait déjà chauffé la plage, l'idéal étant le moment où la marée remonte car le clapotis régulier des vagues lui offre exactement le son et le rythme qu'il aime.

Lorsque toutes ces conditions sont réunies, il se déshabille lentement en gardant cependant une tenue correcte pour ne pas effrayer l'éventuel estivant, plie ses vêtements et s'allonge voluptueusement. Il trouve sa place dans le sable, le laisse filer entre ses doigts, respire doucement, savourant le bruit de la mer ; il peut rester là longtemps, s'y endormir parfois.

Henri aime ce qui est immuable. Lorsqu'il est là, dans cette immersion de surface sur le sable chaud, il retrouve exactement les mêmes sensations que la première fois qu'il s'est allongé sur cette plage, en été, à marée montante, alors qu'il était un enfant et que ses jambes étaient intactes. Tout est pareil, le glissement des grains de sable entre ses doigts, leur température, le parfum léger des pins qui se mélange à celui des algues et cette musique des vagues légères et régulières. Il éprouve alors un sentiment d'éternité unique et la certitude que rien de mauvais ne peut lui arriver.

Pour nager tout nu, son second bonheur ici, c'est plus compliqué. Il lui faut un bateau pour aller loin au milieu du bassin et la complicité d'un copain resté à bord pendant qu'il saute à l'eau. Souvent, c'est Maurice Guibert qui assume la manœuvre et patiente dans le voilier ; s'il n'est pas disponible, Henri, heureusement, parvient presque toujours à trouver un autre comparse.

Ces instants-là sont essentiels pour lui car ce sont les seuls où il retrouve la pleine agilité de ses jambes et peut se comporter comme n'importe quel bon nageur de son âge qui ignore tout de la souffrance que peuvent générer les actes ordinaires de la vie comme marcher, courir ou sauter. Dans l'eau, il peut tout faire. Il est libre, totalement libre de bouger autant qu'il le veut, de tout demander à ses jambes devenues légères et agiles. Il n'y a plus d'entraves à ses mouvements, il bouge comme tout le monde et y être nu ajoute encore à son plaisir, un plaisir absolu.

Presque chaque fois, il s'attarde trop longtemps dans l'eau, l'ami s'impatiente, l'appelle de plus en plus fort et la fin est un peu gâchée ; peu importe, ces moments de liberté-là restent irremplaçables !

Après ces préliminaires essentiels, il a convoqué les protagonistes de l'aventure et pris en main l'organisation de l'équipée sur les canaux. Non sans mal, ils ont mis au point l'itinéraire exact, évalué ou sous-évalué les difficultés et fait l'inventaire du matériel. Puis, un matin à l'aube, ils sont partis affronter le lot d'aventures qu'ils allaient rencontrer en chemin.

Elles n'ont pas manqué à l'appel. Ils ont eu les arbres en travers, le bateau à tirer avec des cordes, l'assaut de l'un des célèbres orages du mois d'août à affronter et la nuit partagée avec punaises et moustiques lorsque, épuisés, ils ont décidé de passer une nuit à l'hôtel de Mimizan ! Peu importe tout cela, ils ont beaucoup ri, beaucoup bu et le voyage a été une réussite, les photos de Guibert en témoigneront.

Ils sont rentrés rompus de fatigue et enchantés.

Puis, son compte d'efforts, de plaisanteries grivoises et de soûleries atteint et même dépassé, Henri a salué ses amis restés au Bassin et a rejoint sa mère à Malromé pour quelques jours de douceur.

De douceur mais pas uniquement. Même si, là-bas, dans cette propriété au milieu des vignes, c'est la sérénité, un reste de contentieux persiste entre eux. Pendant plusieurs mois, Henri a été en désaccord avec elle à propos du désastre survenu dans la famille Pascal dont il est très proche depuis l'enfance.

Il y a cinq ans, son oncle Ernest Pascal, soixante ans, époux de la cousine germaine de sa mère, s'est suicidé à Paris. Un choc d'une violence extrême pour toute la famille !

Préfet de Gironde révoqué suite à des soupçons d'opinions politiques non compatibles avec la fonction, il avait fait des investissements plus qu'hasardeux en Tunisie et s'était retrouvé à peu près ruiné. En plus d'avoir été un gestionnaire pitoyable, il semble aussi qu'il se soit compromis avec l'ancienne maîtresse du prince Jérôme Napoléon, ce qui faisait beaucoup pour un homme qui tient à son image de respectabilité et ne veut pas décevoir ses enfants.

Désespéré, il avait mis fin à ses jours, laissant sa famille noyée dans le chagrin et la honte puis dans l'inquiétude lorsqu'il réalisèrent leur très mauvaise situation financière dont aucun d'eux n'avaient anticipé la mesure. Un train de vie maintenu trop longtemps au-dessus de leurs moyens avait donc obligé ses héritiers, quatre ans plus tard, à vendre leur château de Respide. Les Pascal s'étaient alors retrouvés dans une sorte de précarité très mal vue dans la famille, avec la cousine Cécile hébergée dans un couvent et ses enfants cherchant éperdument l'argent qui les tirerait de cette situation inacceptable !

Henri, qui a exactement l'âge de son cousin Louis, est plein d'empathie pour eux et a supplié sa mère de leur venir en aide mais sans obtenir de résultat pendant des mois.

En effet, la pieuse Comtesse de Toulouse-Lautrec est d'une nature généreuse mais elle sait compter et déteste le gâchis. Dans le cas des Pascal, elle avait mis son cousin Ernest puis ses neveux en garde lorsqu'il était encore temps de redresser la barre mais elle n'avait pas été entendue. Aucun d'eux n'avaient tenu compte de ses avertissements. La catastrophe inéluctable s'était donc produite avec, pour conséquence, une Adèle sévère à leur égard et peu disposée à intervenir.

Ce n'est que lorsqu'elle avait vu à quel point son fils était fâché par son attitude impitoyable qu'elle avait cédé. Pas autant qu'il l'aurait voulu mais elle avait fini par se radoucir et payer.

L'orage entre eux est passé mais les séquelles de la fâcherie demeurent et l'ambiance en est, pour l'instant, encore un peu assombrie.

Il part à Malromé avec l'intention de passer l'éponge sur l'incident.

Dans son domaine, sa mère se plait infiniment. Elle y est chez elle et y vit comme elle l'entend, sans aucune des contraintes familiales omniprésentes au Bosc ou même à Albi. Conseillée par Paul Mathieu, son maître de chai, elle gère très bien son domaine et sait prendre les bonnes décisions pour entretenir et développer le vignoble.

Lorsque son fils chéri l'y rejoint, elle devient alors une mère comblée mais qui tient à s'occuper de son fils à temps-plein et à pouvoir, en douceur, l'interroger sur tous les sujets qui l'inquiètent, sa santé, son mode de vie, son travail, ses amis, son argent… tout !

Lui, le sait bien et si, auprès d'elle, sous les arbres du jardin ou dans sa chambre fraîche, il se ressource et se repose, la sollicitude maternelle ne tarde pas à lui peser, il cherche des échappatoires et s'en culpabilise car il n'a jamais cessé d'adorer sa mère !

Cet été là, il a anticipé et l'a prévenue qu'il n'a pas beaucoup de temps libre. Le travail l'attend, il a plusieurs toiles à terminer, de plus en plus de commandes d'affiches et il faut qu'il s'y mette. En vérité, s'il est vrai qu'il a des projets, il est surtout préoccupé par le retour de Zéline qu'il ne veut manquer à aucun prix.

Après quelques jours de paix chez sa mère, il s'en va. Il veut avoir le temps de se concentrer sur la perspective de son retour, l'attendre sans impatience avant ce moment béni des retrouvailles.

XIV

Comme toujours, c'est elle qui a pris les devants.

Le mardi d'après son retour de Malromé, il a reçu un petit billet. Elle était revenue de Saint-Malo, viendrait-il la voir le jeudi suivant ?

Oui, évidemment, il irait.

Il y avait couru, si l'on peut dire, et elle l'avait accueillie comme s'ils venaient de se quitter.

Elle était la même, en mieux encore. Le climat breton, soleil et grand air, avait accentué son teint abricoté, elle était fraîche comme un fruit. Déjà, elle avait repris la robe rouge et blanche du portrait sur lequel elle avait jeté un châle blanc à franges, et remonté ses cheveux en chignon.

Le temps avait changé, ils modifièrent leurs habitudes. Assise sur le fauteuil du balcon tiré à l'intérieur du salon, Zéline poserait maintenant bien abritée de la fraîcheur de l'air mais toujours éclairée comme le souhaitait Henri.

Au début de la seconde séance de pose, elle avait déclaré abruptement alors qu'Henri installait son matériel :

— Aujourd'hui, je vais vous parler de moi, nous partons pour Madagascar !

Il était temps. Bien qu'elle ait laissé échapper de temps à autre quelques mots pour évoquer son pays, qu'il ait goûté les mangues et acheté un livre sur le pays avec une carte détaillée, il continuait d'ignorer à peu près tout de sa famille et de son enfance. Sa curiosité était intacte.

Immédiatement, elle avait enchainé :

— Parlons d'abord du pays. Madagascar n'est pas une petite île plate perdue dans l'océan Indien comme les Français le croient souvent. Je me suis rendue compte depuis mon arrivée qu'ils n'en savent rien, connaissent parfois à peine son nom !

Madagascar est une grande terre, un peu plus grande même que la France, avec des plaines, des haut-plateaux, des forêts immenses, des côtes magnifiques. Je vous parlerai de son histoire à travers celle de ma famille mais aussi de ses traditions, de sa musique, de son climat qui, pour vous, sont des curiosités comme les baobabs, les lémuriens ou les innombrables fruits dont vous n'avez vu que quelques exemples.

Je vous dirai tout cela.

Vous m'avez parlé des Comtes de Toulouse dont est issue votre famille ; dans la mienne le héros est Napoléon de Lastelle, prince de Madagascar.

Je vais commencer par lui car c'est un personnage extraordinaire dont j'ai entendu parler pendant toute mon enfance.

Vous serez étonné de son titre puisqu'il n'était pas malgache.

Napoléon était né à l'île Maurice au tout début du siècle en 1802 mais avait passé son enfance à Saint-Malo. Son père, Martin de Lastelle, faisait partie d'une famille d'armateurs et de capitaines de Saint Malo, celle-là même – enfin ses descendants – qui m'a accueillie en Bretagne pendant ces dernières semaines.

— Napoléon, était votre grand-père ?

— Non, mon grand-oncle. Il avait eu trois frères et l'un d'eux était mon grand-père mais son histoire se transmet dans la famille, tout le monde la connait. A vingt-cinq ou trente ans, il quitte Saint Malo, part pour Madagascar, s'installe à Mahela comme associé de la société de négoce « de Rontaunay » déjà bien connue. Il créé des activités agricoles, plante du café, développe l'élevage, construit des ateliers de toutes sortes, des fabriques pour le sucre et le rhum, importe des produits Français en quantité, fait du négoce avec toutes sortes de marchandises qui circulent dans les Mascareignes mais aussi vers l'Afrique du Sud et l'Australie.

— C'était donc une personnalité très connue, partout dans le pays ?

— Evidemment. Très connue, très appréciée mais aussi enviée, jalousée, souvent même calomniée. Il en a probablement conçu une grande amertume car c'est vrai qu'il a vraiment œuvré toute sa vie au développement des ressources de Madagascar.

Napoléon, Adolphe-Napoléon très exactement, est un homme habile, un fin politique, le seul Européen capable de dialoguer et de tenir tête à la reine Ranavalona Ière, qui règne à l'époque. Elle n'est pas facile, cruelle même dit on, mais ils ont besoin l'un de l'autre car, mieux que n'importe qui, il est capable de tirer le meilleur parti des richesses naturelles du pays et de l'en faire bénéficier. Diplomate, patient, il sait si bien l'associer à ses activités qu'elle le fait prince de la famille royale. Rien que ça !

— Ce devait être exceptionnel !

— Absolument, unique même, je pense ! En accord avec elle, il fait même deux voyages en France pour suggérer au roi une sorte d'accord de coopération pacifique qui aurait sans doute été bénéfique aux deux pays. Louis-Philippe le refuse par crainte de déplaire aux Anglais dont le rôle est essentiel à l'île Maurice et dans la région.

— Et ensuite ? Que s'est-il passé ? Il a vécu longtemps ? Comment a-t-il terminé sa vie ?

— Mal. Le climat, les moustiques, l'eau apportent des maladies, tout le monde le sait là-bas. Napoléon a vécu comme un aventurier, il ne s'est pas ménagé et les dernières années de sa vie ont été très difficiles. Il est mort à cinquante-cinq ans à peu près, dans des conditions pas très claires. L'histoire dit qu'il respirait un peu de chloroforme pour dormir le soir et en aurait pris trop ce jour-là. A moins que quelqu'un ait forcé la dose, personne ne sait ; c'est une question qui rôde toujours dans la famille.

— Et ses enfants ?

— Napoléon n'a eu qu'une fille, Elisa, doublement princesse par son père et par sa mère, sœur d'un grand personnage malgache dit le Roi René. Elle a été élevée en France puis a épousé un monsieur Auguste Pruche à l'Ile Bourbon. Elle doit avoir aujourd'hui, à peu près l'âge de mon père et vit en France. Ma famille de Saint-Malo m'a parlé d'elle mais personne ne l'a rencontrée, je ne sais pas pourquoi. J'aurais aimé la connaître…

— Un personnage de roman, votre Napoléon !

— Oui et qui l'était même physiquement. On dit que c'était un charmeur à boucles noires, qui plaisait beaucoup !

— Et vous, où avez-vous été élevée ?

— Je suis née dans un endroit au nom imprononçable, Soamanandririna, près de Tananarive, puis mes parents se sont installés à Tamatave avec leur grande famille après que mon père se soit battu sans succès pour conserver sa propriété.

— Pourquoi battu ?

— Vous savez, entre le pouvoir malgache et les Français même installés là depuis des années, les conflits sont nombreux. C'est vrai qu'il y a bien longtemps que la France veut prendre les pleins pouvoirs dans ce pays qui a tant besoin de se développer. La royauté en place le sait bien et tous les moyens sont bons pour s'opposer à la volonté des français. Ce sont des luttes permanentes, depuis des années, sur tous les sujets et en particulier ceux de la propriété. Mon père en a été victime, il a perdu !

— Comment a-t-il réagi ?

— Il n'avait guère de choix, nous sommes tous partis pour Tamatave. J'ai eu dix frères et sœurs même si certains n'ont pas vécu longtemps ! Marie-Sylvie, ma sœur préférée a dix ans de moins que moi.

Un précepteur venait nous faire l'école mais à six ou sept ans, j'ai attrapé des fièvres et mes parents m'ont envoyée à Sainte-Marie avec ma nounou, la mère de Sahondra.

— C'est une autre ville ?

— Non, c'est une île, sauvage, magnifique, à l'est des côtes de Madagascar, c'est mon vrai pays d'enfance ! Sainte Marie, l'île des pirates !

— Des pirates ? Pourquoi des pirates ?

— Aux 17ème et 18ème siècle, l'île a été un repaire idéal pour les brigands de la mer parce que la route maritime de l'océan indien passait à proximité des côtes et qu'elle était chargée de navires transportant des épices et des trésors venant d'Inde et d'ailleurs. Sainte-Marie était accueillante, pleine de ressources pour se nourrir et se protéger; les corsaires s'y sont installés et l'île est devenue le port d'attache des vaisseaux-pirates. Une base idéale pour préparer leurs forfaits ! Aujourd'hui, l'aventure est finie mais des épaves de leurs navires, sont toujours là, au fond de la mer. Et d'eux, il reste un cimetière !

— Votre histoire est incroyable, ils étaient si nombreux que ça ces corsaires ?

— C'était une vraie population, on parle d'au moins mille, installés là avec leurs bateaux !

Henri l'écoutait, enchaînant les questions :

— Mais comment, vous, une petite fille élevée dans une grande famille très connue, viviez-vous là-bas ?

— Comme tous les autres enfants. C'est là que j'ai appris les arbres, les fleurs, les fruits, comment on nage dans les vagues, comment on grimpe en haut des cocotiers !

— Vous grimpiez en haut des cocotiers !

— C'était défendu mais oui, je grimpais évidemment. Je vivais avec des garçons dans leurs familles, j'ai été élevée comme eux, j'ai appris la pêche, comment reconnaître et ramasser les coquillages, comment ouvrir une noix de coco, boire son eau et manger sa chair !

— Et la mer, parlez-moi de la mer.

— Ah, la mer ! Vous ne pouvez vous imaginer, Henri, comme elle est belle là-bas ! Et douce, avec ces cocotiers qui descendent jusqu'au rivage et que le vent a presque allongés sur le sable blanc... Et la lagune transparente, avec toutes ces nuances de bleu, de vert, de doré... Ses îles minuscules, île aux Nattes, île aux Sables, avec les récifs de coraux où vivent les tortues marines...

Je reviens de Bretagne et je ne veux pas critiquer la mer française mais l'eau est froide et grise même si elle est bien vivante avec ses marées qui changent le paysage.

Ne croyez pas que je n'aime pas la mer bretonne, je la connais maintenant, j'ai nagé tous les jours mais l'océan, là-bas, c'est autre chose !

En l'écoutant évoquer son enfance si libre dans une île décrite comme un paradis, Henri commençait à comprendre d'où lui venait ce naturel, cette spontanéité, cette gaieté et ce rire de gamine qui l'amusait tant. Difficile d'imaginer cette mer transparente bordée de palmiers ! La Méditerranée en mieux ? Sûrement pas suffisant !

Au cours des séances qui suivirent, elle continua d'évoquer les années passées à Sainte-Marie comme si tout ce qui avait été fondateur pour elle venait de son île d'enfance. Un jour, elle lui parla des baleines, des baleines à bosse, aussi simplement que s'il s'agissait d'un chat ou d'un oiseau un peu particulier.

Les baleines, chaque année, entre juin et septembre, venaient à Sainte-Marie pour se reproduire. Elles offraient à cette période-là un spectacle étourdissant, de danses, de sauts et de chant !

Quand Zéline lui parla du chant des baleines, Henri cru qu'elle se moquait !

— Alors les baleines chantent ! Vraiment !

— Mais oui, Henri, ne riez pas, les baleines chantent, tout le monde le sait à Sainte-Marie !

— Mais Zéline, comment est-ce le chant de la baleine ?

— Cela dépend sans doute de ce qu'elles font au moment où on les entend.

On dit que parfois, c'est doux, presque chantant, comme si la mère parlait à son petit mais on peut entendre aussi des chants beaucoup plus stridents, aigus souvent et répétitifs ! Dans ces moments-là, ce sont peut-être les mâles, qui se disputent ! On ne sait pas.

Elle continuait de raconter Madagascar tranquillement, clouant parfois Henri de stupéfaction comme, lorsqu'après lui avoir expliqué à quel point le monde des vivants est lié à celui des morts, combien le rôle attribué aux ancêtres est essentiel et les rituels de magie et de divination partagés par tous, elle lui avait décrit la cérémonie de retournement des morts.

Il n'en croyait pas ses oreilles d'autant qu'elle n'épargnait aucun détail, expliquant que la cérémonie avait lieu plusieurs années après le décès, qu'elle était à la fois intime et familiale mais aussi collective pour les amis, les voisins. Par égard pour le défunt, on changeait son linceul et elle raconta comment, pour ce faire, on utilisait le lamba, ce grand pagne coloré comme ceux qu'il avait vus chez elle, tissé à partir du coton mais aussi de la soie ou d'autres fibres. Les vivants l'utilisaient pour se vêtir mais on y ensevelissait aussi les morts pour l'éternité.

Elle évoqua aussi longuement la musique, la danse ou le chant, présents partout en toutes occasions, pratiqués par tous, hommes et femmes, avec des instruments arrivés là au fil du temps, des cithares, des luths, des flûtes, des tambours mais aussi des violons et des accordéons venus d'Europe.

Elle raconta les baobabs, ces arbres gigantesques avec leur tronc lisse et leurs fleurs éblouissantes, traça pour lui un croquis de l'arbre du voyageur, fit passer devant ses yeux les interminables troupeaux de zébus et sauter d'arbres en arbres, les lémuriens, ces étranges petits singes aux yeux cerclés de noir et à la longue queue zébrée.

Zéline savait tout de son pays, l'histoire que lui avait enseignée ses parents mais surtout celle, authentique, profonde, qu'elle tenait des familles malgaches chez lesquelles elle avait vécu.

Enfin, elle retomba dans son époque en indiquant comment la France, présente depuis des années dans l'ile – sa propre famille en était un exemple et elle n'était pas la seule – dominait de plus en plus la vie politique et préparait activement le protectorat qui ne manquerait pas de se concrétiser dans un avenir proche.

D'après elle, la reine Ranavolona III qui régnait depuis dix ans serait bientôt contrainte à descendre de son trône !

Zéline le stupéfiait. En sortant de son personnage de jeune fille naïve, elle en dévoilait un autre qui, tout en douceur, ne pouvait que faire pâlir ses propres récits d'aristocrate provincial jusqu'à en faire disparaître ces couleurs et ce relief qu'Henri avait toujours considérés comme faisant l'originalité de l'histoire de sa famille.

Les feux de cheminée, les parties de chasse de son père et les Noëls en famille ne lui apparaissaient plus que comme de dérisoires divertissements de province.

Sonné, il la quittait, ces jours-là, presque honteux et éperdu d'admiration.

XV

À la fin du mois de septembre, Henri invita Zéline au théâtre du Vaudeville, à la première de *Madame Sans Gêne.* On disait qu'avec cette pièce qui ouvrait la saison, Réjane et Félix Galipaux allaient faire un malheur !

Une soirée très parisienne où ils croisèrent des personnages connus d'Henri, auxquels il présenta simplement Zéline comme une amie.

Il sentit leur surprise de le voir avec cette jolie femme inconnue, dans un personnage inhabituel bien loin du Lautrec alcoolisé de Montmartre. Il n'était évidemment, ce soir-là, ni plus grand ni plus beau mais avec sa barbe frisée bien en ordre, sobre, élégant, en habit impeccable, il devenait quelqu'un d'autre. Cette fois-là encore, elle avait pris son bras pour parcourir le foyer du théâtre ; s'il avait pu marcher ainsi toute la nuit, il aurait été comblé !

Un des amis rencontré connaissait Réjane et les entraîna dans la loge de la comédienne. Les hommes la félicitèrent, Réjane fit un joli compliment à Zéline, Galipaux plaisanta, tout le monde but du champagne. Zéline sortit de là, rêveuse, éblouie.

Ce fut leur cinquième sortie à Paris. Et la dernière.

Depuis son arrivée en France, le théâtre et les spectacles parisiens en général avaient toujours intrigué Zéline mais les toiles qu'elle avait vues dans l'atelier d'Henri avaient aiguisé sa curiosité à propos de ces cabarets dont elle n'avait qu'entendu parler.

En réponse à ses questions, il avait parfois évoqué la Goulue ou Valentin-le-désossé, ce personnage inclassable, bourgeois nanti le jour, inlassable danseur-contorsionniste bénévole le soir, mais jamais il ne l'avait emmenée au Moulin Rouge, pas plus que dans aucun des cabarets où il avait passé tant de nuits. C'était son monde à lui.

Avec Zéline, il vivait dans un autre et il avait décidé d'emblée que les deux n'étaient pas compatibles. Son choix était ferme et, jusqu'à présent, il s'y était tenu.

Cependant, sa curiosité ne faiblissait pas et il avait de plus en plus de difficultés à esquiver ses demandes insistantes ; elle tenait à y passer une soirée avec lui. Absolument !

A bout de mauvais prétextes, il sentit qu'il n'y échapperait pas. Il finit par s'y résoudre et lui promis qu'ils iraient ensemble lorsque le portrait serait achevé : une soirée de fin de chantier en quelque sorte !

C'était dit, il n'aurait qu'une parole !

S'agissant du cirque et surtout du théâtre, c'était autre chose.

Son goût pour l'univers du cirque, premier spectacle qu'il avait connu, datait de ses années d'enfance. Il lui avait montré sa toile de l'écuyère du cirque Fernando, peinte bien avant de la connaître et qu'il avait exposée au Salon des XX à Bruxelles, quatre ou cinq ans plus tôt. Elle avait posé mille questions et il lui avait expliqué la composition de la scène, l'utilisation des couleurs franches et les attitudes des personnages qui s'inspiraient de certaines estampes japonaises. Et puisque, désormais, elle se voulait connaisseuse, il avait précisé que Degas, avant lui, avait peint une artiste du même cirque, Miss Lala une voltigeuse, tandis que Renoir avait préféré les jongleuses !

Aujourd'hui, cependant, plus que les cabarets de Montmartre qu'il avait tant fréquentés, il commençait d'aimer par-dessus tout le théâtre, pas tant d'ailleurs pour les textes que pour les lieux eux-mêmes, les loges par exemple, ces petits espaces clos qu'il affectionne, pour les comédiens et pour les chanteurs. Plus précisément encore pour leurs personnalités, leur physique, leur comportement et ce qu'ils étaient capables de faire en scène.

Même du public, il traquait les expressions, les réactions d'émotion ou de rire qu'il interprétait dans ses dessins ou traduisait en caricatures.

Au théâtre, les personnalités rencontrées étaient bien différentes de celles du cabaret. Des acteurs bien entendu, les très grands, Sarah Bernhardt, Réjane ou Mounet-Sully le doyen de la Comédie française, des fantaisistes comme Caudieux mais aussi des auteurs, Romain Coolus, Alfred Jarry, Octave Mirbeau, qui lui ont parfois confié l'illustration des affiches ou des programmes. Henri racontait tout cela à Zéline, ajoutant des anecdotes, des détails vécus ou pas ; ils en riaient ensemble.

XVI

Le tableau avançait.

A la fin de chaque séance de pose, Henri tirait le chevalet dans un coin, le recouvrait d'un linge.

Vint le jour où Henri annonça à Zéline qu'il allait l'emporter pour le terminer à l'atelier. Il avait besoin de quelques jours et lui apporterait le portrait terminé.

Ce soir-là fut très particulier et ferait partie de ces souvenirs dont on se remémore chaque détail interminablement, comme si un seul d'entre eux, négligé ou éclairé autrement, allait donner une signification nouvelle à ce qui s'était passé.

Zéline, silencieuse, observait Henri qui rangeait soigneusement son matériel et emballait le tableau inachevé avec les plus grandes précautions. Il demanda où il pouvait déposer chevalet et matériel qu'il reviendrait chercher un peu plus tard. L'ambiance était un peu lourde, Henri occupé à ses tâches de rangement se perdait dans d'anodins commentaires.

Lorsqu'il s'approcha de Zéline pour la saluer, à sa stupéfaction, elle se serra contre lui et, spontanée comme elle l'était toujours, déposa un baiser léger sur sa joue, juste au coin des lèvres. Puis elle se recula en le regardant intensément et lui donna le même baiser sur l'autre joue :

— Merci Henri, je n'oublierai jamais ce que vous faites pour moi. Merci et encore merci.

Henri, bouleversé par ce geste tellement inattendu, balbutia une vague plaisanterie :

— Mais Zéline, attendez de voir le tableau terminé, vous n'aurez peut-être pas envie de me remercier !

Elle l'accompagna à la porte, le regarda descendre la première volée de l'escalier puis tourner au palier suivant : « Velum, Henri, velum mon très cher ami » lui dit-elle, accompagnant son sourire d'un petit geste de la main, le même que sur le quai de la gare, le jour de leur rencontre.

Lui, attendit le second palier pour s'asseoir sur une marche et reprendre son souffle.

Pourquoi ce baiser ? Ce geste de tendresse ? Ces mots ? Ce regard ? Qu'avait-elle voulu lui faire comprendre ?

Il était là, le cœur et l'esprit emballés, ses jambes anéanties d'émotion incapables de le porter hors de cet escalier familier.

Auprès d'elle, il avait rêvé d'amour, de tendresse, d'avenir et même ou surtout, de volupté. Il avait rêvé de découvrir enfin ce que pouvait être la volupté avec la femme qu'on aime et cela n'aurait pu être qu'avec elle !

Jusqu'alors, il n'avait eu que de l'amitié et de la confiance, que signifiait le geste de ce soir ?

A la nuit tombée, il entendit le portail s'ouvrir, ramassa son tableau tombé au sol et descendit les marches. Ce n'est qu'à son éducation qu'il dût la force de saluer, en les croisant, les locataires du deuxième étage !

Le jour où il revint chercher chevalet et pinceaux, Zéline n'était pas là. Elle assistait, avec sa famille, au mariage de sa cousine. Sahondra les lui remit et il annonça qu'il reviendrait avec le tableau terminé.

Pendant une semaine, il peaufina la toile qu'il avait installée sur son chevalet, bien éclairé. En était-il satisfait ?

Il ne le savait pas encore, le scrutait sous tous les angles, passant du doute à la satisfaction.

Pour réaliser ce portrait-là, non seulement il s'était attaché à exprimer la présence et la personnalité de la jeune femme mais, cette fois, il avait voulu que les traits soient fidèles à ceux de son modèle ce qui n'était pas toujours le cas. De ce point de vue, quand il faisait froidement l'analyse de son travail, il en était plutôt content.

La position de Zéline dans son fauteuil d'osier était souple et élégante. Son visage vu de trois-quarts recevait bien la lumière, elle avait un très léger sourire et surtout, ce regard incisif qui lui était si particulier. Avec elle, c'était toujours comme si ce que vous aviez à dire ou à faire ensemble à ce moment précis, était la chose la plus importante au monde ! Elle vous accordait toute son attention, cela se voyait dans son regard et dans l'expression de son visage tendu vers vous.

La matité chaude de sa peau et la couleur de ses yeux, pas vraiment verts, pas vraiment bruns, étaient bien là. Il s'était attaché, d'une manière presque obsessionnelle, à tenter de reproduire les couleurs de ses yeux dont il sait bien qu'elles ne sont pas pour rien dans la fascination que la jeune femme exerce pour lui. Aujourd'hui, il est à peu près satisfait du résultat, même s'il serait encore capable de les retoucher s'il s'écoutait !

L'une de ses mains reposait sur la jupe dont les plis et le dessin étaient soulignés de touches de rouge vif et de blanc éclatant, l'autre qui porte cette bague très simple en pierre de lune, était posée sur un accoudoir du fauteuil.

Même s'il avait donné l'absolue priorité à la figure et à l'attitude du personnage, le paysage, derrière elle, n'était pas juste esquissé comme souvent dans sa peinture. Paris était là, grand ouvert derrière la rambarde du balcon suggérée à coup de traits obliques. Evoqué dans des couleurs douces et fondues, le quartier, en bord de Seine pouvait presque être identifié !

Au premier plan à gauche, un aplat de différentes nuances de gris figurait, sur quelques centimètres, le retour du mur taché de lumière de l'immeuble voisin. Ce n'était pas gênant pour la mise en scène générale et il avait tenu à sa présence parce que c'était le décor de vie de Zéline lorsqu'elle était sur ce balcon. Il fallait qu'elle le retrouve.

De même et toujours à gauche, on retrouvait un peu en contre-plongée, esquissé à traits vifs, ce guéridon de métal vert pâle en demi-cercle, sur lequel elle posait habituellement son livre, sa tasse de thé. L'ensemble de la scène était bien équilibré.

Cette femme qu'il aimait passionnément, il l'avait peinte autrement que ses autres modèles, si souvent sérieux, sans un sourire. Même la Goulue ne riait pas sur ses toiles et c'était comme si les femmes ne pouvaient être qu'inquiètes ou mélancoliques ou usées de fatigue. Qu'elles ignorent tout de la joie de vivre semblait, dans sa peinture, aller de soi !

De Zéline, il ne connaissait que la gaieté et l'optimisme. Elle avait le goût du bonheur et cela, il l'avait vu tout de suite.

Aucunement idéalisée, il l'avait peinte rayonnante de sérénité, parce qu'elle était ainsi.

Huit jours plus tard, il avait monté lentement l'escalier avec, serré contre lui, un paquet bien enveloppé dans du papier brun. Il s'employait à lutter contre une angoisse extrême et au fond plutôt injustifiée car, s'il avait terminé le tableau seul dans l'intimité de son atelier, Zéline en avait connu chaque étape et bien qu'elle se soit abstenue de faire des commentaires prématurés – une délicatesse de sa part – il savait déjà que le portrait lui plaisait. Elle le lui avait dit avec ses mots à elle.

Tout de même, aujourd'hui était un jour spécial. Le travail était achevé, il ne reviendrait pas dessus, il en était à la livraison !

Une autre question évidemment, le taraudait. Qu'adviendrait-il de leurs relations maintenant qu'il n'avait plus le prétexte du portrait pour passer du temps avec elle d'autant que, même si inconsciemment il la surdimensionnait, la scène du baiser brouillait un peu les cartes ? Enfin elle les brouillait pour le nain boiteux qu'il était, car, pour Zéline si spontanée, si simple, elle n'avait sans doute aucune signification particulière !

Ce fut encore Sahondra qui ouvrit la porte et, immédiatement, d'un seul coup d'œil, il comprit l'ampleur de son malheur.

La pièce était métamorphosée, pleine de bagages, de caisses étiquetées.

— Mon Dieu, Sahondra, que se passe-t-il ?

Elle le regardait, toute pâle, tremblante :

— Mademoiselle Zéline est partie, Monsieur.

Henri avait balbutié :

— Comment partie ? Pour où, comment ?

— Pour Madagascar, Monsieur, ses parents la réclamaient, elle devait rentrer. Son bateau quitte Marseille aujourd'hui.

Henri s'était senti vaciller, ridicule avec son paquet en main, submergé par la tornade d'émotion qui allait le terrasser comme ça, sur ce pas de porte d'où sa vie même était en train de s'échapper.

Tout de suite, Sahondra avait ajouté : Mademoiselle a laissé une lettre pour vous, je vais la chercher. A peine conscient, il l'avait vue traverser la pièce familière puis revenir en lui tendant une enveloppe.

Henri l'avait prise sans même dire un mot à la jeune femme qui, bouleversée, ne le quittait pas des yeux puis il était sorti de l'appartement, le paquet toujours serré sous son bras.

Il boitait plus que jamais, n'était plus rien d'autre que misérable.

Jamais, il ne sut comment il avait descendu cet escalier et comment il était rentré à son atelier. Inconsciemment, il avait fui son appartement et les inévitables questions de son ami Bourges, pour se terrer ici, seul. Dévasté par la violence de ce qui venait de se passer, il était tombé sur sa banquette où, tout de suite, son dérisoire et seul recours avait été l'alcool.

Cela avait duré des jours. La vie ordinaire n'existait plus. Les images, les mots, les questions, se mélangeaient dans sa tête, incapable qu'il était de leur trouver un sens. Comment avait-elle pu partir ainsi, sans rien lui dire ? Sans qu'il n'ait rien pressenti ? Rien compris, même pas qu'elle lui avait donné un baiser d'adieu !

La lettre restait là, posée contre un pot de pinceaux. Il regardait de loin ce petit carré blanc comme s'il détenait la révélation de sa vie mais la lire, lui était impossible.

Une fois de plus, ce fut sa mère qui, sans rien savoir pourtant de la tragédie que vivait son fils, allait l'aider à reprendre pied.

Un matin qu'encore ivre et sale, il sortait à peine des cauchemars de la nuit, il avait entendu cogner à sa porte.

— Monsieur Henri, s'il vous plait, écoutez-moi. Votre mère s'inquiète, elle est sans nouvelles, elle sera là demain. Ouvrez-moi je vous en prie.

Berthe la fidèle à laquelle il ne répondait plus et n'ouvrait plus sa porte depuis ce jour maudit, était là, sur le palier.

Sa mère ! C'était comme si la tempête avait effacé jusqu'à son existence ! Comme le reste, elle avait basculé dans l'oubli mais ce matin, elle, et elle seule, pouvait l'obliger à sortir, non pas de son désespoir mais de son immobilisme.

Il se traina jusqu'à la porte et bégaya de mauvaises raisons à la brave femme qui, depuis ces dernières années, en avait vu d'autres avec lui.

— J'ai été très malade, pouvais pas bouger... allez m'aider...

— Oui, je vois bien que ça ne va pas mais je ne pense pas que vous soyez vraiment malade. Installez-vous dans le fauteuil, Monsieur Henri, je vais commencer par vous faire un thé bien chaud puis mettre de l'ordre ; votre mère serait affolée de vous voir dans cet état.

Une heure plus tard, elle avait aéré et nettoyé l'appartement, changé les draps, lavé les verres et entassé dans un sac, les bouteilles d'alcool vides.

— Maintenant, allez faire votre toilette, habillez-vous et sortez faire un tour. J'ai presque fini et je veux que tout soit propre pour demain.

Comme un automate, il avait obéi à ses ordres et, lavé, rhabillé, avait fait le tour du quartier avec le sentiment de débarquer dans une autre ville.

Rentré chez lui, il avait enfin décacheté l'enveloppe et lu la lettre de Zéline:

Mon très cher Henri,

Comment vous dire lorsque vous étiez en face de moi, que nous allions nous quitter, que ce bateau qui devait nous séparer, m'attendait déjà à Marseille ? Je n'en ai pas eu le courage. Pardonnez-moi.

Mes parents me pressent de rentrer à Madagascar et pour eux qui m'ont fait le cadeau magnifique de pouvoir venir vivre quelques mois en France, j'y suis obligée.

J'ai découvert la France et connu ma famille mais mon bonheur a été de vous rencontrer, vous, qui avez pris tant de place dans ma vie.

Vous ne mesurez pas la chance que cela a été pour moi de devenir votre amie et jamais je n'oublierai les moments que nous avons vécus ensemble, toutes ces heures que vous m'avez données alors que vous êtes un grand peintre et que vous aviez bien d'autres choses à faire !

Merci, mon ami, pour votre patience, merci pour tout ce que vous m'avez appris et que je garde précieusement en mémoire, je n'oublierai rien, soyez-en sûr.

Conservez mon portrait, il me plait infiniment et je pourrai ainsi continuer à être auprès de vous.

Je veux que vous sachiez que j'ai un projet qui court dans ma tête et qui est très lié à vous. Il est trop tôt pour en parler mais je vous dirai tout et d'ailleurs j'aurai besoin de vous… Je garde mon secret pour l'instant mais nous le partagerons bientôt ensemble.

Vous restez présent dans mon cœur comme mon ami le plus cher. Ne l'oubliez jamais. Permettez-moi de vous dire encore combien je tiens à vous.

Je vous serre dans mes bras.

Votre amie.

Zéline

Rien d'une lettre d'amour, simplement celle d'une amie qui vous apprécie, qui, d'une certaine façon, vous aime, comme on s'aime dans les amitiés vraies !

Pouvait-il s'attendre à plus, lui, pauvre nabot bancal ? Qu'elle lui déclare son amour ? Il n'aurait pas eu le ridicule d'y croire ! Elle lui disait le serrer dans ses bras, soit, mais elle ne l'avait jamais fait lorsqu'ils étaient ensemble, enfin si, une seule fois, en vitesse, à la dernière minute et pour lui dire adieu !

Il avait toujours su qu'elle ne serait jamais à lui mais n'être jamais à lui en vivant tout près est une chose et jamais à lui, au bout du monde, en est une autre !

Ce qui faisait la différence était l'absence, pire que tout.

Maintenant, c'était arrivé, il n'avait plus d'elle que son absence, omniprésente, accablante, ravageuse.

Se reverraient-ils ? Personne ne le savait, elle affirmait simplement dans son message qu'elle ne l'oublierait jamais. C'était possible mais comment, lui, allait-il se passer d'elle ? Encore perdu dans son chagrin, il ne le savait pas.

Quoi qu'il puisse en penser, Henri, au cœur de sa détresse, avait tout de même reçu cette lettre comme une douceur. Il l'avait lue et relue, analysant chacun de ses mots, hésitant entre y voir un message d'encouragement à continuer sa vie et son travail de peintre ou une manière amicale de lui dire adieu pour toujours.

Rêver à Zéline avec un peu plus de sérénité ? Ce serait pour plus tard ou pour jamais ?

Une lettre donc qui, à la fois, l'avait désespéré et lui avait fait du bien.

Le jour où il l'avait lue, au cœur de son chagrin, il avait eu curieusement une pensée parasite : il n'aurait pas à l'emmener au Moulin Rouge pour cette soirée promise, évitée pendant des semaines parce qu'il avait tout à en redouter !

Il s'en culpabilisa car elle ressemblait à un soulagement…

Sa mère était arrivée à Paris le lendemain. Il lui avait raconté une histoire de malaises assez violents qui, heureusement, avaient presque disparu. Elle le crut ou non, s'occupa de lui pendant tout son séjour, l'abreuva de conseils de mère avant de repartir pour Albi.

Cette visite avait eu le mérite d'obliger Henri à bien se tenir et à parler de sujets qui n'avaient rien à voir avec ce qui l'obsédait. Jusque sur le quai de la gare, il joua son rôle de fils mais après son départ, il décida d'aller ailleurs. Il avait besoin d'un cadre bienveillant où il se sentirait libre.

Il jeta quelques affaires dans son sac cylindrique, prépara son matériel de peintre et s'installa chez ses amies, les filles de la Fleur Blanche, rue des Moulins.

Là-bas, personne n'y jugeait personne parce que, comme lui, tout le monde était à côté de la norme.

Il y serait en paix.

XVII

Lorsqu'aujourd'hui, Henri se remémore cette période de sa vie, il constate à quel point, tout désespéré qu'il fût, elle a été féconde.

Ce n'était pas son premier séjour auprès des prostituées de la rue des Moulins ou de celles des autres maisons de la rue d'Amboise ou de la rue Joubert mais, cette fois, Henri y avait passé un long moment et partagé vraiment leur vie.

Il y avait dormi, pris son café au lait du matin et ses repas avec elles, joué aux cartes et observé les rituels de l'organisation de la maison, du ménage du grand salon à la livraison du blanchisseur ! Il avait aussi été témoin de la violence des disputes, des bagarres et des injures qui ponctuaient la journée et observé la circulation des clients sans jamais leur prêter vraiment attention, ni les faire figurer sur sa toile.

Parfois, il payait les filles pour l'amour mais le plus souvent elles l'accueillaient dans leur lit pour rien, le câlinaient, l'appréciant parce qu'il était de bonne humeur, jamais irrespectueux, jamais critique et parce qu'il avait pour elles des égards d'homme bien élevé, la chose la plus rare qui soit dans le métier. Il les faisait rire, lui se sentait accepté tel qu'il l'était. Chez elles, il était chez lui et y menait, en quelque sorte, une sorte de vie de famille.

Henri disait souvent qu'« il faut savoir se supporter soi-même » mais il devait bien constater que c'était plus facile avec les filles que tout seul ; réciproquement ils s'écoutaient, se faisaient du bien et cela changeait tout.

Là-bas, assez vite, Henri s'était remis au travail.

Parce qu'il œuvrait discrètement dans son coin, il avait accès à tout et plantait son chevalet là où il voulait. Toutes les situations de leur vie étaient prétextes à peindre. La toilette avec les filles habillées, à moitié habillées ou nues avec juste leurs bas qu'elles n'enlevaient jamais, le repas, l'attente pendant des heures le jour de la visite médicale. Jamais, il ne semblait importun. Il aimait aussi ces scènes de lit où elles dormaient ou se reposaient après le passage du client. Des scènes qui montraient leur fatigue, leur résignation, leur patience et parfois, plus rarement, leur tendresse pour une autre pensionnaire.

Les filles sur ses toiles étaient comme il les voyait, souvent laides, souvent grosses et traînant la solitude avec elles. Les modèles habituels posaient mais, elles, évoluaient naturellement dans leur cadre de vie et de travail.

On était dans la réalité et c'était ce qu'il voulait.

Hébergés pour des raisons bien différentes dans cette maison qui recevaient des habitués et des inconnus mais aussi parfois ses amis à lui, on pourrait dire que ces filles et lui se ressemblaient même s'ils y tenaient des rôles bien distincts.

Rôle d'objets sexuels qu'on consomme par habitude ou d'exutoire à une vie morose pour elles, de confident attentif, de protecteur, d'amuseur infatigable pour lui mais aussi d'artiste bohème, de provocateur, d'enfant gâté, puisqu'il n'hésitait pas à se montrer d'une intraitable exigence en imposant sa volonté à ses fidèles… qui le regardaient pourtant comme un ami irremplaçable et l'admiraient comme un connaisseur averti !

Avec les prostituées, il était donc à égalité. Elles et lui étaient des marginaux et des souffrants et pourtant les autres, les normaux, avaient besoin d'eux.

Si les filles recevaient rarement de l'amour des hommes qui fréquentaient la maison, sa certitude à lui depuis son adolescence, était qu'aucune femme ne songerait jamais à l'aimer, difforme et ridiculement petit comme il l'était. Celle qu'il aimait venait d'en faire la démonstration et c'était peut-être parce qu'elle l'avait fait avec une grande douceur, avec tendresse même, qu'il n'avait pas pu le supporter.

C'est aussi à ce moment-là qu'Henri a développé sa collaboration avec la Revue Blanche qui, en quelques années, a pris une place très particulière dans l'univers des intellectuels parisiens.

Les frères Natanson l'ont fondée et c'est Thadée, le second des trois qui l'anime, très bien accompagné par Misia, une jeune femme ravissante née à Saint-Pétersbourg, son épouse depuis peu. C'est une tribune d'avant-garde d'un genre nouveau qui s'offre aux écrivains, hommes politiques, musiciens et aux peintres qui en illustrent les articles. Tous les sujets peuvent y être abordés et, très vite, la revue est devenue un support de débats et d'échanges passionnés.

Les bureaux sont installés rue Lafitte. Souvent accompagné de son cousin Gabriel ou de Maurice Joyant, Henri y va, traverse la grande cour en saluant ceux qu'il croise puis s'installe dans un canapé en cuir vert où il va tenir salon pendant des heures. Il se plait à La Revue Blanche, il y a du pouvoir.

Misia, l'épouse de Thadée, n'est pas simplement belle, bien élevée et curieuse de tout. C'est d'abord une excellente musicienne, une pianiste qui a travaillé avec Gabriel Fauré et qui excelle à interpréter Beethoven, Chopin, Schubert ou Debussy. Des œuvres difficiles qu'elle étudie sérieusement et qu'Henri ne se lasse pas d'écouter dans ce salon intime de l'appartement des Natanson, rue Saint Florentin. Sans doute que, là encore, avant de s'intéresser à la qualité de ce qu'elle interprète, c'est à ses mouvements de bras, à l'agilité de ses doigts, à son regard sur la partition qu'il va consacrer toute son attention. La personnalité, la présence, l'expression, le geste, c'est ce qui prévaut toujours chez lui que ce soit pour la blanchisseuse, la buveuse devant son verre ou la pianiste !

Misia lui plaît et il est bien auprès d'elle. Ils ont de longues conversations, il la regarde comme une très jolie femme intelligente mais ce qu'il éprouve pour elle n'a rien à voir avec l'emportement amoureux qui l'avait saisi dès sa rencontre avec Zéline. Il ne s'agit aucunement de passion mais au contraire de sérénité.

Misia est une grande séductrice, une enjôleuse qui pourrait peut-être se révéler perverse, ce qui n'impressionnerait pas Lautrec ! Pour l'instant, les femmes comme les hommes sont charmés par sa simplicité, son élégance et par ce talent qu'elle possède de savoir mettre à l'aise les plus réservés, de faire se rencontrer ceux qui vont se plaire et de créer, dès qu'elle est là, le climat qui a fait la réputation du salon du couple.

Henri a fait d'elle un portrait au piano mais elle en inspire bien d'autres. Elle posera aussi pour Renoir, Vuillard, Bonnard, Odilon Redon, Vallotton ; à tous elle plaît quand ils n'en tombent pas carrément amoureux !

Henri l'adore et lorsqu'il a fallu proposer un modèle pour l'affiche de la Revue Blanche, c'est elle sans hésiter qu'il a choisie et représentée en élégante patineuse.

Chez les Natanson, que ce soit à Paris ou à Valvins, leur maison de campagne, circule une foule d'artistes, d'écrivains. Henri a trouvé là un lieu d'accueil où il se sent à l'aise, peut-être parce qu'il y retrouve l'esprit du Montmartre des artistes qu'il aime mais aussi parce que tout y est plus raffiné, plus propre et plus harmonieux que là-bas.

Comme du temps de l'atelier Cormon, Henri y rencontre des gens qui comptent pour lui mais cette fois, pas seulement des peintres. Des écrivains aussi : Mallarmé qui a aussi une maison à Valvins, Anatole France, Octave Mirbeau, Jules Renard, Emile Zola, Paul Claudel, Pierre Louÿs, les jeunes Fernand Gregh et Marcel Proust et des chroniqueurs comme Léon Blum qui travaille au Conseil d'Etat et qui est tiraillé entre littérature et politique !

Certains comme Romain Coolus, sont devenus des intimes ; tous deux partagent le goût des lieux animés voire douteux qu'ils ne se privent pas de fréquenter assidûment, ensemble.

Stéphane Mallarmé avec lequel il parle des heures, occupe une place à part. Il a été autrefois son professeur d'anglais et cela les a amusés de se retrouver . Son grand ami était Manet et il est toujours celui de Berthe Morizot, Deux artistes pour lesquels Henri éprouve admiration et curiosité ; il connait très bien leur travail, pour lui, ce sont des maîtres !

Il ne se prive donc pas de l'interroger à leur propos.

Lautrec est maintenant une figure incontournable de la Revue Blanche. Il en illustre régulièrement les articles et en anime les fêtes, souvent dans le personnage d'un barman créatif, capable, ces soirs-là, d'une absolue sobriété !

Il vit et travaille là dans un univers qui lui plaît.

XVIII

L'été qui suivit le départ de Zéline s'était déroulé d'une manière inhabituelle.

Prendre un train pour Arcachon, s'y installer pour plusieurs semaines et se livrer à ses occupations de bord de mer comme si rien ne s'était passé, était difficile à envisager. Les souvenirs de l'été précédent tournaient dans sa tête.

Bien qu'il ait été, à ce moment-là, séparé de Zéline, il pouvait regarder aujourd'hui ces semaines de vacances comme la période la plus heureuse de sa vie.

Pendant qu'il s'amusait avec ses amis et se livrait aux plaisirs traditionnels d'enfouissement dans le sable chaud et de bains tout nu, elle faisait simplement la connaissance de sa famille bretonne et apprenait les sensations que procurent aux nageurs, les vagues de l'océan atlantique. Quand elle rentrerait, ils reprendraient leurs séances de pose, leurs promenades presque tendres et leur interminable dialogue.

Jusqu'à quand ? Il ne le savait pas mais en attendant, c'était le bonheur.

En avait-il, à ce moment-là, réellement pris la mesure ? Non, évidemment !

Retourner au Bassin d'Arcachon cet été, c'était prendre le risque d'une souffrance de tous les instants mais celui aussi de mettre en péril ce que, depuis plus de vingt ans, il a construit pour exister là-bas comme il existe à Montmartre ou au Château du Bosc, c'est-à-dire autrement. Plusieurs

Lautrec avec, pour chacun, un passé, un présent et une façon de vivre, très différents.

Dans l'immédiat, endosser le personnage du Lautrec arcachonnais va exiger des efforts considérables mais a-t-il vraiment le choix avec sa mère qui l'attend à Malromé et ses amis qui dressent leurs plans de vacances ?

Il s'est donc attardé à Paris au prétexte de sa présence à la galerie Le Barc de Boutteville où il expose puis a fini par descendre vers le Sud-Ouest en commençant par le séjour chez sa mère à Malromé.

A Taussat, l'ami Fabre n'est pas là. Impossible pour Henri d'y séjourner voire même de s'y incruster, cette année où justement il aurait tant besoin de calme ! Il s'est donc installé dans une petite pension à Arcachon et a trouvé un dérivatif en fréquentant le vélodrome, en spectateur évidemment puisque tous les sports lui sont interdits sauf nager, Dieu merci !

Il se promène aussi beaucoup dans les jardins du Casino, idéalement situés dans le quartier d'hiver. Dominant la ville, l'édifice bénéficie d'une vue unique sur le bassin et son architecture mauresque plait à Henri qui tourne autour du bâtiment, s'assoit sous les arbres, rêve à elle et à cette relation d'amitié qui s'était affirmée de jour en jour même si l'amour éperdu qu'il lui vouait n'était pas réciproque et qu'il le savait. Ils étaient du même monde, élevés par des familles qui se ressemblaient même si l'une vivait dans le sud-ouest de la France depuis des générations et l'autre au bout du monde. En quelques mois, parce qu'ils s'étaient profondément ouverts l'un à l'autre par la parole, ils avaient construit une relation d'intimité qu'il n'avait jamais eue avec personne ni, très probablement, elle non plus.

Peu à peu, il s'était convaincu que si l'obstacle de son physique déplorable n'avait pas existé, s'il avait été plus grand, plus séduisant, ils se seraient aimés. Intensément aimés.

Cela et cela seulement les avait inexorablement séparés !

Cet été est étrange, moins trépidant que d'habitude, il envisage d'aller assister à une corrida à Saint-Sebastien puis y renonce, il réfléchit à son travail de la rentrée, dort davantage.

Finalement, il ne s'en sort pas trop mal mais il boit toujours sans mesure et ça évidemment, c'est mauvais pour lui…

De retour à Paris, il s'est tout de suite remis au travail ; il doit préparer des Salons, a des commandes d'affiches et veut améliorer un peu son appartement puisque suite au mariage de son copain Bourges, il a dû quitter la rue Fontaine. Cela ne lui a pas plu mais il ne peut évidemment pas vivre avec le couple d'autant que Martha Bourges et lui ne sont pas dans les meilleurs termes !

Au cours de l'année suivante, la deuxième sans Zéline, il a beaucoup travaillé à la réalisation de la commande de la Goulue : les deux panneaux de sa baraque de la Foire du Trône.

Impressionnée par le succès de l'affiche du Moulin Rouge de Lautrec, elle les voulait franchement publicitaires, « Fais-moi de la bonne réclame ! » lui avait-elle demandé, mais lorsqu'il les observe froidement, il constate que ce sont plutôt deux grands vrais tableaux, carrés, de près de trois mètres de haut, avec une mise en scène, un décor et des personnages, pas juste créés pour appâter le client. Les panneaux sont composés comme il compose ses toiles et évoquent évidemment sa vie de danseuse.

L'un, en toute logique, la représente dansant un chahut endiablé avec son partenaire Valentin le Désossé devant le public des noctambules de Montmartre.

L'autre panneau présente le spectacle qu'elle propose aujourd'hui dans la baraque, danse du ventre, danses mauresques, d'ailleurs pas si authentiques que ça puisque la Goulue continue à lever la jambe façon cancan ! Pour la mise en scène des spectateurs, il a glissé au premier plan les silhouettes d'Oscar Wilde et de son cousin Gabriel Tapié de Céleyran ainsi que celles de personnages parisiens bien connus comme Félix Fénéon, critique d'art et directeur de la rédaction de la Revue Blanche depuis peu et sa chère Jane Avril qu'il a placée sur les deux panneaux, toujours coiffée de ses immenses chapeaux !

Comme souvent sur ses toiles, il a fait figurer sa propre silhouette, la plus petite comme toujours ; pas de raison de ne pas en être, surtout quand c'est lui qui décide !

Lorsque l'été est arrivé, ses angoisses ont réapparues et pour tenter de les contourner, il a décidé de descendre à Bordeaux en bateau.

Chaque fois que c'est possible et juste pour le trajet Le Havre-Bordeaux, il emprunte un cargo, le « Chili », qui transporte passagers et marchandises vers l'Afrique. Il apprécie le rythme du voyage, observe les passagers et y a ses habitudes comme celle de faire dérouter le navire à hauteur de la Bretagne, pour récupérer des homards qu'il va cuisiner à l'Armoricaine, dans la chaufferie. Le capitaine, l'équipage, tout le monde prend du retard mais attend ce régal avant de le débarquer à Bordeaux.

Cette fois-ci, s'est déroulé un épisode bizarre auquel il ne s'attendait pas car, depuis qu'il a perdu Zéline, il a fait un trait sur ses élans du cœur. Pour lui, ils sont éteints pour toujours.

Et pourtant, il a senti ce frémissement si particulier lorsqu'il a aperçu sur le pont du cargo, celle qu'il appellera la passagère de la cabine 54. Une rousse ravissante à laquelle il n'a jamais adressé la parole. Il guette ses allers et venues ; elle ne lui jette pas un regard.

Arrivé à Bordeaux après l'opération homards, il n'a pas voulu descendre, trop occupé à observer la jeune femme dont il ne sait rien sinon qu'elle va au bout de la ligne, au Sénégal.

Maurice Guibert qui l'accompagne, s'impatiente, exige de terminer le voyage à l'escale de Lisbonne alors qu'Henri a dans l'idée de poursuivre jusqu'à Dakar. Pour le calmer, il a photographié la jeune femme sur le pont, à son insu sans doute, et c'est à partir de ce cliché que, de retour à son atelier, Henri va réaliser une lithographie superbe dont il a très vite l'idée de faire une affiche.

Guibert, finalement, a réussi à le convaincre, ils descendent à Lisbonne et vont profiter du voyage jusqu'à Bordeaux pour s'arrêter à Madrid et visiter le Prado avant de se risquer dans quelques maisons closes.

Il oubliera la passagère qui n'existera plus que comme l'un de ses modèles !

Des années donc où tout a été intense et foisonnant, son travail, ses voyages, ses plaisirs parfois, son exubérance et ses chagrins comme lors de la mort de Berthe Morizot qu'il a presque vécue comme un drame personnel !

A cette occasion, il s'est immergé dans le souvenir des conversations qu'ils avaient eues, Zéline et lui, à propos de cette femme, de ce peintre qu'il lui avait fait connaître et dont la personnalité et l'indépendance lui avait tant plu.

Pour Zéline, Berthe Morizot était devenue le modèle absolu tant d'artiste que de femme.

Sa mort a été comme une rupture de plus avec elle, une émotion qui l'a secoué pendant des jours !

Tout cela a fait beaucoup pour un petit bonhomme bancal qui n'a jamais cessé de se rêver différent et capable d'être aimé d'une femme !

XIX

Ce matin de janvier 1896, lorsqu'Henri sort de *l'Hôtel de France* pour aller reprendre son train, la neige recouvre la place de la gare et seule la rue a été déblayée pour en permettre l'accès. Un vent glacé soulève une poussière de neige, il avance avec précaution, pique sa canne un peu avant chaque pas et tient son sac-saucisson comme un contrepoids. Comme toujours dans ce genre de situation, il est furieux contre lui-même, se dit que n'importe quel individu normal de son âge, aurait déjà traversé cette place en courant pour se retrouver au chaud dans la gare. Lui, non, il se traîne et sa silhouette, noire sur toute cette blancheur, doit faire rire le passant. C'est ainsi depuis des années, compliqué, malcommode, grotesque !

Il se hâte lentement, autant qu'il peut, pour parvenir à la gare et grimper dans son compartiment aussi froid que la veille. Il reprend sa position de voyageur réfrigéré et c'est à Vierzon, l'arrêt suivant, que se produit un événement qui va l'obséder longtemps.

Dans son coin, bien serré dans son manteau, il essaie de se réchauffer lorsqu'un homme monte et lance un « Buongiorno Signore » sonore.

Immédiatement, Henri a une curieuse impression de déjà-vu.

Il observe l'homme qui s'installe à l'angle opposé du compartiment, lance son petit bagage sur la tablette haute et enlève son chapeau. Il boutonne lui aussi son manteau jusqu'au col, se frotte les mains avec un commentaire « Fa un freddo terribile ! », en souriant largement à Henri.

L'homme est jeune, grand, bien bâti, brun, avec barbe, moustache, cheveux désordonnés et dents impeccables qu'Henri a eu tout le temps d'apercevoir parce que le sourire de l'italien est large, sans retenue, rien à voir avec le petit rictus rétréci qu'aurait adressé un Français à un inconnu, surtout par grand froid.

Comme toujours lorsqu'il observe un nouveau venu, Henri détaille la silhouette, la configuration du corps puis les traits du visage, la forme de la tête, l'abondance et la texture de la chevelure. Il arrive vite à l'examen des yeux grands et noirs et, là, il est bien obligé de comprendre. L'homme lui ressemble. Une ressemblance frappante, presque trait pour trait mais en normal, en réussi, en bien droit, avec même quelque chose qui pourrait s'appeler du charme.

L'italien est exactement ce qu'il aurait dû être, possède exactement tout ce qu'il aurait dû avoir : de longues jambes qui fonctionnent, des bras à la bonne mesure, une belle bouche sensuelle que les femmes doivent aimer embrasser et, en plus, les mêmes yeux sombres que lui, ces yeux que tout le monde s'accorde à trouver beaux et profonds.

Ce qu'il a de mieux et de loin !

Depuis des années, il se fait de lui-même un portrait sans aucune concession, que même il exagère. De son physique qu'il rend responsable de tous les maux de sa vie, il a souffert tous les jours même s'il pratique l'autodérision en grand et ne se plaint jamais de rien.

L'italien monté à Vierzon, a très exactement celui dont il a rêvé mais cette fois il ne s'agit aucunement d'un rêve gratuit fondé sur rien puisque tous les éléments de base qui composent le personnage sont aussi les siens : les cheveux, la barbe, la forme du visage, jusqu'à couleur des cheveux, des yeux, de la peau. Même les lèvres sont pleines, avec un relief plus modéré que chez lui mais quand même un peu excessif. Tout est là mais en bonne place, dans le bon ordre, sans erreur, pas jeté n'importe comment !

Henri est pétrifié ; cette fois, il n'a rien à imaginer. Il a devant lui son double idéal, un double qui voyage tranquillement sans se douter du trouble et du désespoir que sa présence a généré dans la tête du drôle de petit bonhomme assis en face de lui.

Henri va réagir avec ses moyens à lui ; des deux, c'est lui qui a le talent !

Tout le temps qu'elles dureront, l'italien pourra promener sa silhouette virile et sa gueule bien aux normes mais lui a la capacité à les traduire sur le papier, à les garder pour lui, à les transmettre s'il le veut, comme un témoignage de ce qu'il aurait pu être.

La chance joue en sa faveur. L'homme s'endort, profondément et longtemps. Il n'ouvrira l'œil qu'à Orléans et ce temps va suffire à Henri. Il sort son cahier, ses crayons et d'un trait ferme, trace le portrait du voyageur qui s'est mué en modèle, avec les jambes étendues en travers du compartiment, le buste un peu tassé, les épaules abandonnées et la tête appuyée contre la vitre avec les lèvres juste légèrement entrouvertes.

C'est comme si l'homme avait fait le choix de prendre la pose et Henri se sent à l'aise dans cette situation qui lui est familière. Dessiner l'apaise, il est dans son rôle. Même si l'italien s'éveille et le voit faire, il trouvera la parade, dans la légèreté ou dans l'humour, ce sera facile.

Henri dessine vite. Sans une hésitation, il a brossé parfaitement la silhouette, la position du dormeur. Les traits du visage sont reproduits sans aucune interprétation ni fantaisie. Il a dessiné ce qu'il voyait sans gommer les défauts qui empêchent cet homme d'être réellement beau, comme cette implantation de barbe un peu clairsemée, maigrichonne, ce nez curieusement chahuté comme après un combat et ce menton lourd qui ne demande qu'à s'empâter davantage. Le dessin est rigoureusement fidèle au modèle et le résultat est qu'il se voit là, lui, à moitié allongé, endormi, avec le visage qu'on lui connaît mais comme rapporté par un observateur sans complaisance.

Un instant, l'idée perverse de montrer le dessin à sa mère lui traverse l'esprit ! A peine formulée, il y renonce évidemment ; ce serait la pire plaisanterie qu'il puisse faire à la pauvre femme !

Henri ferme son cahier et range son crayon lorsque le train entre en gare d'Orléans, juste au moment où l'italien se réveille et passe sans transition du sommeil à l'action. Il ouvre un œil, bondit sur ses pieds, remet son chapeau et saisit son bagage puis passe devant lui. Un petit geste d'adieu poli et il saute sur le quai. Il est arrivé au bout de son voyage et Henri se demande soudain ce que peut bien faire dans la vie un italien qui voyage entre Vierzon et Orléans ?

Il le suit des yeux. Peu à peu, il voit s'effacer la haute silhouette qu'il aurait tant aimé avoir. C'est fini. Il ne se reverra jamais, lui, Lautrec, marchant d'un pas rapide sur un quai de gare !

Orléans ! Henri se souvient que le jour de leur rencontre, il avait raconté à Zéline, ici même, l'histoire de Jeanne d'Arc. A vrai dire, il en avait oublié de nombreux détails, sans doute même des épisodes entiers et avait assez largement improvisé sans que cela la trouble le moins du monde !

Peu importe, rapportée à sa manière, l'histoire de cette gamine de dix-sept ans chassant les anglais de la ville d'Orléans, l'avait beaucoup amusée et Henri, dès cet instant, avait compris qu'en la faisant rire, il marquait des points, ce qui s'était souvent vérifié par la suite.

Un jour, lors d'une séance de pose, il lui avait raconté incidemment que depuis qu'il était enfant, il adorait le déguisement et qu'aujourd'hui encore il n'hésitait pas à adopter les accoutrements les plus bizarres pour se créer des personnages qui amusaient ses amis ! Jane Avril qui le savait, lui avait prêté son chapeau, son boa et il avait été photographié, posant à sa manière à elle.

Zéline avait exigé de voir la photographie puis, un aveu en provoquant un autre, toutes celles où il posait déguisé : en japonais, en enfant de chœur barbu, en asiatique…

Elle avait beaucoup ri et longuement regardé les photos en demandant des détails sur le cadre, les circonstances, comment il se sentait en femme ?

La curiosité de Zéline était insatiable mais à quoi ou à qui devait-elle cette faculté de pouvoir tout entendre et d'aborder n'importe quel sujet, si délicat soit-il ?

Il l'avait d'abord attribuée à sa naïveté mais s'était trompé. Zéline en liberté dans son île Sainte-Marie, s'était, en douceur et sans s'en rendre compte, affranchie de l'autorité familiale au profit d'une éducation basée sur des principes simples mais rigoureux, d'observation et de respect. Elle s'en était imprégnée et revenue dans un cadre plus classique, les avait simplement adaptés à la situation.

Le goût qu'elle avait de s'amuser et de rire, s'était confirmé au fil des semaines et aujourd'hui, Henri ne peut pas penser à ces moments de gaieté partagés, à cette manière qu'elle avait d'éclater de rire en plissant les yeux, sans ressentir une vraie douleur lui tordre le cœur. Depuis qu'elle n'est plus là, chaque fois que quelque chose fait remonter dans sa mémoire un détail de son visage, de son corps, de sa voix ou lorsqu'il évoque leurs rares mais si précieuses promenades bras-dessus-bras-dessous, le malaise l'envahit tout entier.

C'est d'abord, brutalement, le cœur étreint comme pressé dans une main, puis la gorge qui se serre, l'estomac broyé, la respiration oppressée et, inévitablement, les yeux qui se brouillent avec bien souvent des larmes irrépressibles.

Après le syndrome de Lexos, il est confronté à celui qui réunit les signes de l'absence, les pires, ceux qui vous laissent dévasté, inutile et que, souvent même, on va rechercher là où ils se trouvent comme pour, en souffrant, se rapprocher de l'absent.

Avant de rencontrer Zéline, non seulement Henri ignorait tout de Madagascar mais c'était une région du globe à laquelle il ne s'intéressait aucunement.

Depuis qu'un jour, en classe, son professeur de géographie avait dû y consacrer une heure en désignant un point sur une mappemonde, il n'y avait plus jamais pensé. Comme les baleines ! Pourquoi aurait-il songé aux baleines, ces mammifères marins gigantesques qu'il n'avait aucune chance de voir jamais, lui un familier des eaux du Bassin d'Arcachon ou de la Méditerranée !

C'est d'elle qu'il en avait tout appris, vingt ans plus tard.

Curieusement, depuis son départ, des évènements ne cessaient de se produire qui l'immergeaient dans ses souvenirs et lui donnaient l'illusion d'avoir acquis une vraie connaissance du pays.

L'histoire d'abord. Zéline lui avait parlé du projet d'un vrai protectorat français qui donnerait tout pouvoir à la France sur la totalité du pays. D'après elle, c'était imminent. La présence française à Madagascar ne datait pas d'hier mais le pays restait un royaume et les aventures de la famille de Lastelle, confrontée au pouvoir des rois et reines qui se succédaient, en était l'illustration : Ranavalona I, Radama II, Rasoherina, Ranavolona II puis l'actuelle, Ranavolona III, en fin de règne. Ces noms étranges, il en avait fait à l'époque comme un exercice de mémoire et s'en souvenait encore !

Aujourd'hui, après des épisodes de combats qui avaient décimé les malheureux malgaches, cela s'était confirmé. Madagascar était annexé, c'était effectivement devenu un protectorat, ce serait bientôt une colonie.

Il n'avait pu s'empêcher de suivre le déroulement du processus dont la presse rendait compte régulièrement et il finissait par passer pour un spécialiste lorsque, parfois, il ne pouvait s'empêcher d'en parler en connaisseur : « Comment sais-tu tout ça ? » lui avait-on souvent demandé :

— Ça m'intéresse, c'est tout, il faut tout de même savoir sortir de son quartier !

Jamais il n'en avait dit davantage même quand, l'été dernier, à Taussat, alors qu'après leur diner, verre de Cognac en main, ils fumaient un cigare au jardin, son ami Louis Fabre avait fait soudainement une déclaration fracassante :

— Tu sais comme j'aime le bassin mais mon rêve, c'est d'aller vivre dans les îles, plus tard.

— Les îles ? quelles îles ? avait mollement demandé Henri qui pensait à Oléron, Ré ou à la Corse, si Fabre en avait préféré une légèrement plus exotique.

— Ma préférée serait Madagascar mais ce pourrait être aussi les Antilles ou même la Nouvelle Calédonie, de l'autre côté de la terre.

Henri s'était senti défaillir et avait juste pu murmurer :

— Pourquoi Madagascar ?

— Depuis longtemps, j'y pense. C'est un pays qui m'intrigue, tout ce que je peux en apprendre me rend curieux et avec les derniers évènements, je pense qu'il y a d'immenses possibilités pour nous, les Français.

Et puis, je suis un homme de la mer, j'adore les bateaux ; naviguer là-bas dans l'océan Indien, rien que le nom me fait rêver !

Henri, s'était enfoncé dans le silence et n'avait pas fait rebondir la conversation.

Enfin, il y a six mois, il avait reçu une lettre d'elle, la première depuis son départ.

Dans sa manière d'écrire, il avait reconnu tout de suite sa spontanéité, sa gaité. Elle lui rappelait leur amitié à Paris, l'assurait de ses regrets d'être si loin puis racontait son projet, celui auquel elle faisait déjà allusion dans sa lettre d'adieu.

Elle voulait ouvrir une galerie à Tananarive, un projet pour lequel elle se battait depuis qu'elle était rentrée de France. Elle avait déjà repéré un local bien placé dans la ville et pris contact avec des peintres qu'elle pourrait exposer ; il y en avait plusieurs, talentueux lui semblait-il mais elle n'était sûre de rien ! Lui aurait su tout de suite, elle, hésitait sur tout ! C'était difficile aussi parce qu'elle était une femme, parce qu'il fallait de l'argent et parce que le pays était en ébullition avec le protectorat qui se mettait en place.

D'ailleurs, c'était peut-être une opportunité justement que de créer cette activité juste au moment du grand tournant lorsque les esprits étaient en pleine évolution. Qu'en pensait-il ?

Elle avait joint à sa lettre la photo d'une des toiles qu'elle se proposait d'exposer et lui demandait ses impressions. Dans l'avenir, si son projet prenait forme, elle aurait besoin de ses conseils, il était si compétent, etc.

Henri, bouleversé, s'était assis sur la banquette de l'atelier avec, en mains, la photo d'un tableau signé d'un certain James Rainimaharosoa qui représentait une scène rurale, des paysans en train apparemment de battre du blé, du riz ? Mais d'ailleurs battait-on le riz ? Il n'en savait rien et peu importe.

Henri, devant l'image, ne ressentait rien, n'en pensait rien, incapable de dire, comme ça, spontanément, si la peinture était intéressante ou pas, si le projet lui-même pouvait être une bonne idée.

Il observait juste le tracé des lettres, imaginait sa main à elle sur le papier, le regard qu'elle devait avoir eu à cet instant où, forcément, elle avait pensé à lui.

A la fin de sa lettre, elle ajoutait, presque comme un détail :

Je vous annonce une nouvelle, mon cher Henri, je me suis mariée, le mois dernier. Mon mari est français et s'occupe d'une plantation de riz, il s'appelle Jacques.

Elle était loin, elle était mariée. Il n'avait aucune opinion sur la valeur de son projet, ni sur celle de son peintre et pas envie d'y réfléchir.

Il n'était pas concerné.

A jamais, il gardait dans son cœur la Zéline qu'il avait connue à Paris. La sienne. La jeune femme qui ouvrait sa galerie là-bas, ne l'intéressait pas.

Lui qui, depuis son enfance, n'avait jamais cessé d'écrire des lettres d'affection, d'amitié puis d'affaires à d'innombrables destinataires, ne s'était même pas posé la question. A cette femme qu'il ne cesserait jamais d'aimer, il n'avait pas répondu.

XX

En arrivant à Paris, le train ralentit puis s'immobilise.

Henri qui n'a pas bougé de sa place depuis Limoges, se sent lourd, engourdi et appréhende l'instant tout proche où il va lui falloir se lever, récupérer son sac, descendre sur le quai. C'est dans ce genre de circonstance de la vie ordinaire qu'il mesure à quel point il est handicapé. A peine plus de trente et un ans et un corps sans âge puisqu'à la fois celui d'un enfant et celui d'un vieillard.

Henri est fatigué. Une lassitude extrême.

Sa santé est mauvaise, de plus en plus mauvaise et il le sait bien.

Trop, beaucoup trop d'alcool qui le tue peu à peu lors de ces nuits désordonnées dans les cafés-concerts ou les bars, au Weber, rue Royale ou à l'Irish et American bar qu'il fréquente désormais davantage que les cabarets de Montmartre. Il y côtoie une clientèle hétéroclite, des explorateurs qui piquent sa curiosité, des joueurs, des artistes de cirque comme Foottit et Chocolat, des chanteuses débutantes et du personnel de grande maison attendant leurs patrons. Des soirées entières, il y tient sa place d'inlassable acteur-observateur : regarder, raconter, dessiner ce qu'il voit ou ce qu'il caricature, transmettre. Toujours.

Les relations intimes, forcément douteuses, qu'il continue d'entretenir avec ses amies les prostituées n'arrangent rien et ses excès en tous genres qui s'ajoutent à des heures de travail intense, puisqu'il est toujours aussi exigeant avec lui-même, l'épuisent.

Ces dernières années, il a travaillé sans relâche. Des toiles, des dessins, des affiches, des lithographies, des pastels, qu'il a exposés à Paris, à Toulouse, à Londres, à Bruxelles au Salon de La Libre Esthétique, qui a pris la suite des XX. Il se donne un mal fou pour les présenter, multiplie les contacts et sait tirer parti des opportunités.

Avec Louis Anquetin, il a voyagé à Amsterdam pour étudier Rembrandt et Hals, puis à Londres pour exposer ses affiches et voir Oscar Wilde avec lequel il avait déjà sympathisé à Paris. L'écrivain est malheureusement embarqué dans ce sale procès pour homosexualité mais Henri a tout de même réussi à faire son portrait, enfin surtout les dessins préparatoires car les conditions sont difficiles. Il réalisera la toile elle-même à Paris mais sa silhouette et son profil si particuliers, il les a utilisés aussi autrement, pour illustrer un programme de théâtre et même sur l'un des panneaux de la Goulue qui, la malheureuse, végète maintenant à la Foire du Trône.

Il a même créé, l'année dernière, un carton de vitrail pour Tiffany sur le thème de Papa Chrysanthème au nouveau cirque !

Bref, il n'a pas chômé mais tout ça sans jamais s'arrêter ni de boire ni de traîner le soir !

Côté spectacle, il a multiplié les commandes d'illustrations de programmes ou d'affiches comme pour May Belfort, une chanteuse habillée en bébé qu'il a connue aux Décadents ou May Milton, amie de Jane Avril. Elles lui avaient plu, il les a pratiquement lancées avec ses affiches mais le public n'a pas accroché et très vite, elles ont disparu de toutes les scènes.

Il a aussi créé des décors comme celui du *Chariot de terre cuite* au théâtre de l'Oeuvre. Une expérience amusante mais qu'il n'a pas renouvelée sauf que pour *Ubu Roi* qu'Alfred Jarry a décidé de monter en décembre. Henri a hésité puis cédé.

Le théâtre, il le fréquente sans aucune limite, parfois même à un rythme obsessionnel comme lorsqu'il a vu vingt fois l'opérette *Chilpéric,* rien que pour observer le dos de la comédienne Marcelle Lender qu'il juge « somptueux » ! Plus que jamais, il est passionné, mais de plus en plus excessif.

Parce que son intérêt pour le cirque n'a jamais faibli, c'est aussi à ce moment-là qu'il a fait de saisissants portraits de la clownesse Cha-U-Kao dont le Comte de Camondo s'est offert une étude. Elle lui plaisait mais il n'a quand même pas eu l'audace d'oser la sortir d'un des cabinets discrets de son hôtel particulier du quartier Monceau !

Henri conserve ses activités à la Revue Blanche et la publicité le sollicite beaucoup. Depuis la célèbre affiche de 1891, les commandes n'ont pas cessé et il en a créé bien d'autres, pour la parution de romans ou de feuilletons, pour le photographe Sescau, pour la papeterie londonienne Confetti et parfois pour de simples produits comme la chaine de bicyclette Simpson lorsque Tristan Bernard, directeur sportif du vélodrome et collaborateur aussi de la revue Blanche, l'a mis en relations avec les personnes qui décident des commandes ! Les affiches donc, il en a fait beaucoup mais il commence à s'en lasser ; il préfère des activités nouvelles et, heureusement, ce n'est pas ce qui manque !

Avec Jules Renard qu'il a rencontré chez les Natanson, il a commencé l'illustration de son livre *Histoires naturelles,* un travail dans lequel il s'est jeté avec passion parce qu'elle implique la fréquentation d'animaux qui lui sont familiers comme le bœuf, le cheval ou le cormoran mais d'autres aussi, beaucoup plus originaux, un mouflon, un caméléon, des mantes religieuses, des crapauds… Une collaboration qui leur plait à tous les deux bien qu'il soit difficile de savoir quand le livre pourra paraître.

Il travaille aussi à son album *Elles*, composé de lithographies représentant des femmes en maison. Il en prévoit onze et l'ouvrage devrait être publié dans le courant de l'année. Plaira-t-il ? Impossible de savoir, le sujet est délicat et risque d'en choquer plus d'un !

Pour lui, c'est pourtant du bon travail. Les prostituées, il connaît, on peut même dire qu'il en est un spécialiste !

Bref, il n'arrête pas !

Sur le quai, il fait toujours aussi froid avec, en plus, un vent glacé qui s'engouffre par les ouvertures et fait frissonner les voyageurs. Pour lui, homme du sud-ouest, c'est le pire qui puisse exister en matière de climat et ce qui l'attend dans l'immédiat n'est pas mieux : patienter dans les courants d'air pour guetter un fiacre puis arriver dans un appartement glacé qui mettra forcément des heures à se réchauffer.

Cet après-midi d'hiver décourage Henri qui se sent désespérément triste et seul. Même si sa soirée avec son ami Maurice Joyant a été constructive, chaleureuse et que cette exposition toute proche l'intéresse, même s'il a du succès, des projets, qu'il continue de rire avec ses amis, d'aller au théâtre, de boire, d'aller voir les filles, il se sent las, las de tout.

Tous ceux qui le connaissent peuvent témoigner de son extraordinaire amour de la vie mais même s'il ne cesse de répéter « La vie est belle, la vie est belle ! », aujourd'hui, bien plus que ses infirmités, son alcoolisme, sa syphilis, ce qui le tue est une solitude du cœur qui n'a jamais été plus vive que depuis qu'il l'a perdue, elle, son amour, sa merveille.

Epilogue

Lorsqu'après la mort du peintre en 1901, il fallut déménager son atelier, le portrait de Zéline, toujours enveloppé de son papier brun, reposait à l'envers contre un mur. Pourtant personne, jamais, ne mentionna son existence pas plus que celle des croquis préparatoires.

Plus tard, lors des multiples inventaires qui furent réalisés ou lors de la rédaction des catalogues raisonnés, jamais ce tableau n'apparut.

Il ne figurait nulle part, avait disparu, n'existait pas.

Et il y eut autre chose. Parmi toutes les œuvres rapportées chez ses parents à Albi, un dessin rangé avec d'autres, ne cessa jamais d'intriguer sa mère. C'est le portrait d'un dormeur allongé dans une position inconfortable et habillé comme un voyageur.

Le trait, précis, donne au visage de cet homme comme à la position de son long corps, une réalité saisissante dont elle ne pouvait détacher son regard. Peu à peu, le dessin s'imposa à elle, elle ne pouvait s'en séparer et puisqu'elle ne sut jamais de qui Henri avait fait le portrait, elle finit par considérer que c'était de lui-même. Elle le conserva toujours auprès d'elle, ne le montra à personne et surtout pas à son père.

Lorsque, presque trente ans plus tard, la mère du peintre rejoignit son fils au cimetière de Verdelais, tout près du château de Malromé, personne non plus ne mentionna l'existence de ce dessin.

Quant au tableau, on devait le revoir, un siècle plus tard.

Deuxième partie

1980 – 2021

Paris, 2013

De Line Garrel à son frère Philippe

Philippe, mon cher frère,

Lorsque nous sommes rentrés de Bretagne ensemble, j'ai vaguement évoqué la manière extrêmement surprenante dont je suis entrée en possession du petit tableau signé Toulouse-Lautrec, celui que tu as vu cent fois chez moi.

Je voudrais, aujourd'hui, t'en dire plus. J'en ai besoin, je ne peux pas me taire plus longtemps

Pour tout le monde, c'est très simple, j'ai rapporté cette toile d'un voyage en Asie parce que j'aime énormément ce peintre que mon farfelu de voisin, Henri le comédien, m'avait vraiment fait découvrir.

Cette « *Jeune femme au balcon* », découverte dans une galerie à Saïgon mais jamais vue dans aucun musée, ni dans aucun livre, m'avait intriguée ; je l'avais achetée comme une curiosité, une de ces copies du genre réalisée avec une technique que les asiatiques, au Vietnam en particulier, possèdent à fond.

Ce fut ma version pendant plus de vingt-cinq ans mais je te le dis aujourd'hui, elle ne contient pas une once de vérité. Elle est totalement fausse, ce tableau est arrivé tout seul entre mes mains et c'est une histoire qui défie le bon sens.

Pour que tu saches tout, je t'ai préparé un dossier à l'ancienne, tout en papier.

Avec d'autres documents, tu y trouveras le récit que j'avais écrit à l'époque, sans le destiner à personne, juste pour ne rien oublier comme si j'avais pressenti, qu'un jour, j'en aurais besoin. Tu verras qu'il est assez précis et que je suis entrée dans les détails surtout lorsque je rapporte les conversations de l'époque.

C'est une histoire de fou, je le sais bien, dont tu commenceras sans doute par rire comme je l'avais fait moi-même lorsque le vieil Henri me racontait qu'il ETAIT Lautrec, le Comte Henri de Toulouse-Lautrec, qu'il le savait avec certitude, qu'il n'avait aucun doute.

Rappelle-toi, je t'avais parlé à l'époque de ce que nous prenions pour des divagations de vieillard et dont nous nous moquions : « J'ai rencontré Lautrec dans l'escalier, me disais-tu, c'est vrai qu'il n'est pas bien grand mais pas vraiment nabot quand même ! »

Cruellement, on en riait et on avait tort ; je n'en connaissais pas alors le dernier épisode, celui que tu vas découvrir maintenant.

L'histoire que tu vas lire, n'a cessé de me hanter.

Il est temps aujourd'hui que je prenne des décisions. Me poser des questions en regardant mon tableau ne suffit plus.

Dans ce dossier, j'ai réuni à peu près tout ce dont je dispose : le récit dont je viens de parler, des photos détaillées du tableau, mes interrogations et les réponses des experts consultés à l'époque, des notes diverses rédigées au fil du temps, les références des ouvrages que j'ai consultés etc...

Tout cela est bien construit et je te l'envoie par la poste. Je n'ai pas pu envisager de le faire par mail avec pièces jointes et tout le bazar de l'ordinateur. Le sujet est trop humain, trop sensible, pour être transformé en données numériques froides. Cliquer un coup, cliquer deux coups, pour ouvrir, pour fermer, c'est impossible ; pour traiter ça, il faut procéder comme je l'ai fait à l'époque !

Je préfère qu'avec l'attention que je te connais, tu lises tout calmement, tu tournes les pages, tu examines les photos avec la bonne lumière, tu te concentres en passant d'une feuille à l'autre. Ensuite, tu refermeras doucement ce dossier et là, mon vieux, tu seras complètement bouleversé, j'en suis certaine !

Prends ton temps. Je ne t'en dis pas plus pour l'instant. Lorsque tu seras bien entré dans mon histoire, je t'expliquerai ce que j'attends de toi.

Texte du document qui est joint à cette lettre.

1992

« Cette histoire folle, a débuté le jour où je suis revenue vivre dans l'immeuble familial, enfin ce qu'il en reste, sur ce quai parisien là où je suis née. Après toutes ces ventes et reventes, je l'avais cru perdu pour moi jusqu'à ce jour où tante Elisa qui y a toujours vécu, m'a signalé qu'un des appartements du dernier étage allait être disponible.

Rapidement conclues, les choses m'avaient amenée jusqu'à cet après-midi torride du mois d'août où, meubles et cartons empilés dans un petit camion, j'avais déménagé. Nous étions alors au début des années quatre-vingt.

Le soir même, chez ma tante, j'ai fait la connaissance d'Henri, mon voisin du dessous, un très vieux monsieur dont je n'imaginais pas qu'il allait m'entraîner dans l'aventure la plus étrange de toute ma vie.

Cet Henri, qui habitait là depuis déjà longtemps, avait consacré l'essentiel de sa vie au théâtre et, à côté de sa carrière de comédien plutôt brillante, il en avait mené une autre, très longue et très animée de séducteur, qui l'avait conduit pendant des années, de mariages en ruptures et de liaisons en aventures d'un jour !

Dieu merci, celle-ci était terminée et ce fut donc en toute tranquillité que j'ai bénéficié, pendant plusieurs années, d'une amitié sans équivoque et de conversations alimentées de récits, d'anecdotes et de réflexions autour d'un sujet qui me plait depuis toujours : le théâtre.

Après quelques mois de conversations sur ce sujet qui était le sien, après qu'il eut joué pour moi toute seule des scènes de Molière, Ionesco ou Anouilh, après que nous ayons beaucoup ri, il s'était senti en confiance et m'avait fait un aveu surprenant : il croyait à la métempsycose et était persuadé d'être la réincarnation du peintre Toulouse-Lautrec !

Le jour où il m'en a parlé pour la première fois, j'ai commencé par rigoler et lui ai demandé de s'expliquer :

— Arrête de rire avant de savoir, pauvre innocente ! s'était-il indigné.

Il y a une dizaine d'années, j'ai tourné plusieurs scènes d'un film à Albi. Dès mon arrivée, je me suis précipité au Musée Toulouse-Lautrec car, depuis toujours, je suis fasciné par le personnage et par sa peinture.

Là, j'ai eu une terrible impression de déjà-vu. Non, pas la vague impression ordinaire d'avoir déjà vécu cet instant là, mais celle de tout reconnaître… comme de l'intérieur… je ne sais pas comment t'expliquer… Ces tableaux, je les reconnaissais, j'aurais pu les classer dans l'ordre chronologique sans regarder les dates, je savais ce qu'il y avait au-delà du décor peint, je connaissais chaque personnage, chaque coup de pinceau ; les affiches, c'était pareil… tout, tout, j'avais déjà tout vu…

— Mais, Henri, si tu aimes Toulouse-Lautrec, tu avais vu des expositions, des toiles dans les musées, lu des livres ?

— Evidemment, mais là, il se passait autre chose. Je circulais d'une toile à l'autre comme si c'était moi l'auteur… moi le peintre… je voyais tout, les situations dans lesquelles elles avaient été peintes, l'ambiance du cabaret, je sentais presque les odeurs, le goût de l'alcool… tout comme si j'y étais… tout, je te dis !

J'ai su que sa maison natale était encore habitée par un descendant de la famille. J'ai voulu y aller, voir l'intérieur, discuter avec celui qui y vivait.

— Et là ?

— Là ? Incroyable ! Je suis entré dans cet hôtel particulier, j'ai monté l'escalier avec l'impression de rentrer chez moi.

Avec le neveu – finalement c'était un neveu qui habitait là – on a commencé à parler et à un moment, il a dû redescendre pour voir je ne sais quoi.

Je suis resté tout seul dans un petit salon et là, je n'ai pas pu résister. J'ai pris un couloir à droite en me disant tout bas ce qu'il y avait derrière chaque porte et jamais, je ne me suis trompé : une chambre, un débarras, un cabinet de toilette, une sorte de bureau, toutes les pièces dans l'ordre et à chaque fois si familières !

J'étais complètement retourné, mon cœur s'affolait, j'avais peur. Quand le neveu est remonté, j'ai posé des questions sur la vie, la personnalité de Toulouse-Lautrec ; il connaissait très bien le sujet et ses réponses m'ont rendu malade, j'avais l'impression qu'il me parlait de moi !

— Et depuis ?

— Depuis ? C'est de pire en pire... et je ne t'ai pas dit l'essentiel ! Je me suis aperçu, là-bas à Albi, que j'étais né dans la nuit qui a suivi sa mort. Tu te rends compte, il est mort le 9 septembre 1901 et je suis né le 10... le 10 septembre 1901, au milieu de la nuit ! De plus, regarde-moi, je suis plutôt petit, pas autant que lui et quand même mieux foutu... mais vraiment pas très grand ! Autre chose : mes parents m'ont appelé Henri. Pourquoi ? Je te le demande, pourquoi ? Aucun Henri dans la famille avant moi !

— Tu n'as pas demandé ?

— Je n'ai pas pu. Quand j'ai commencé à me préoccuper vraiment de cette histoire, mes parents étaient déjà morts depuis longtemps mais tu imagines... m'appeler Henri !... comme ça, pour rien !!

— Continue ton histoire, tu n'as jamais peint ?

— Bien sûr que si ! Tout jeune, je n'arrêtais pas de dessiner, de peindre... j'ai même hésité un bon moment à faire les Beaux-Arts. Et en plus, regarde, Lautrec qui ne se plaisait qu'au spectacle : la Goulue, Jeanne Avril, Yvette Guilbert, la Fuller avec ses voiles, rien que des copines ! Et l'autre, cet Albert Caudiaux, un artiste mi-chanteur mi-acteur dont personne ne se souvient. Lautrec l'a peint, c'est entendu, mais pourquoi moi, je peux le décrire, parler de ce qu'il a joué, de ce qu'il chantait !

Et qui suis-je sinon un homme de spectacle ? Toute ma vie, le spectacle mais toute la sienne aussi ! Et ça continue !... Toulouse-Lautrec a habité dans un bordel pendant des mois et, moi, je l'avoue, j'ai toujours eu un faible pour les putes. Aujourd'hui encore, lorsque j'en vois une au bord du trottoir, je ne peux pas m'empêcher d'aller lui parler !... C'est tous les jours que je me souviens de détails incroyables, des faits qui se recoupent. Et je ne te parle pas de Montmartre dont je connais chaque rue, je ne sais même pas pourquoi !

Tiens, il y a quelques jours, j'ai pensé à un truc oublié depuis des dizaines d'années. Tu sais comment s'appelait ma première fille ? Mon premier amour ? Elle s'appelait Suzanne, comme la Valadon, sa maîtresse... Tu peux me dire que ce sont des coïncidences mais tu avoueras, ça fait beaucoup de coïncidences !

Je sais que c'est fou mais j'en suis sûr... ne cherche pas, le Comte Henri de Toulouse-Lautrec, le peintre génial, tu l'as devant toi !

Il n'y a qu'une chose qui me manque, hélas, regrettait-il, c'est d'avoir une toile, ne serait-ce qu'une seule toute petite toile de lui !

La conversation avait duré des heures et avait été maintes fois reprise.

Parfois, il finissait presque par venir à bout de mon incrédulité mais plus souvent, il se plaignait de moi, se fâchait :

— Je ne comprends pas qu'à ton âge, tu sois aussi sérieuse, aussi raisonnable... c'est fou, ça ! La vie est une farce, tu ne le sais pas ? Je peux te le dire, moi qui suis vieux, c'est un truc illogique, bancal auquel finalement on ne comprend pas grand-chose. Ecoute-moi mieux, je t'en prie, je suis en train de te parler de ma vie d'avant, je te raconte une histoire extraordinaire et tu me réponds logique, réalité... arrête, Line, arrête, entre dans le rêve ! Tu ne crois qu'à ce qui est normal, tout droit, tu mets des limites à tout mais les limites, crois-moi, elles ne sont là que pour être dépassées, transgressées ! Dépasse, ma grande, transgresse, n'hésite pas ;

je te le dis, moi, si j'avais trente ans de moins, je les aurais fait voler en l'air tes limites... Après, t'avoir peinte, avec tes cheveux roux et tes jupons !

On riait tous les deux et ça s'arrêtait là.

Je ne sais pas s'il y croyait vraiment ou si c'était simplement l'idée qui lui plaisait mais dans le rôle du peintre réincarné, il était époustouflant !

Cependant, au cours de ces années, quelques incidents m'ont profondément troublée.

Au Musée d'Orsay où souvent nous allions ensemble, il a pilé un jour devant la toile appelée Lassitude. Le tableau, petit, représente une femme en chemise avec des bas noirs, allongée en travers de son lit. Elle est épuisée – son client vient peut-être de partir – et sa solitude crève la toile.

Brusquement, il s'est mis à vociférer :

— C'est encore ce salaud... !

— Mais de qui parles-tu ?

— De Louis évidemment !

Sidérée, clouée sur place, je le regardais. Il s'est alors tourné vers moi, lentement, avec un regard perdu, comme s'il revenait d'ailleurs, et a murmuré :

— C'est rien, ne fais pas attention... »

Ce regard, je devais le revoir plusieurs fois et toujours dans des circonstances étranges où Henri faisait allusion à des évènements qu'il n'avait pas pu connaître. Un jour, il m'a parlé d'un terrain qui jouxtait la propriété maternelle de Malromé, là même où l'artiste était mort :

— Mais comment sais-tu ça ?

Il a eu cette réponse stupéfiante :

— C'est ma mère qui me l'a dit et… Il n'avait pas terminé sa phrase et, à nouveau, ce regard perdu, effrayé…

Nos rencontres, notre complicité ont cessé brutalement lorsque mon cher voisin est mort.

Lorsque Safia, sa « gouvernante » comme il disait, est arrivée ce matin-là, elle l'a trouvé à demi-allongé sur une sorte de méridienne hors d'âge, devant sa cheminée, paisible, comme endormi. Sur ses genoux, une vieille édition du livre d'Henri Perruchot, « La vie de Toulouse-Lautrec », ouverte au dernier chapitre.

Sa mort m'a laissée pantelante, blessée ; j'avais comme l'impression d'avoir perdu un amoureux idéal, présent, fidèle, généreux et tellement drôle.

C'est au soir de son enterrement, alors que je rentrais chez moi, triste et épuisée, que j'ai reçu comme un premier signe de lui. Machinalement, j'avais allumé la télévision et libéré instantanément un tourbillon de couleurs et de musique.

C'était une scène de « Moulin rouge », le vieux film de John Huston.

Minuscule sur sa chaise, Lautrec est là, assis devant un guéridon qui porte son verre d'absinthe. Sur ses genoux, une feuille avec l'esquisse de Valentin-le-désossé et autour de lui, l'ambiance fiévreuse du cabaret, les filles, danseuses et prostituées, qui dansent, rient, se battent.

Il est tranquille, à l'aise, il est chez lui !

C'était comme si Henri avait fait irruption dans la pièce, comme ça, sans prévenir, pour montrer ce dont il était capable ou simplement me faire une farce. Je suis restée statufiée devant mon écran, presque terrifiée, certaine qu'il me regarde. Il n'a pas recommencé, c'était juste un avertissement mais c'est deux ans plus tard, lors de l'exposition présentée dans les Galeries du Grand Palais, qu'il allait me faire son grand show !

Ce sont d'abord les affiches dans le métro qui m'ont alertée puis j'ai lu les articles dans la presse, entendu les messages radio.

Dans le monde de l'art, l'évènement était d'importance car les œuvres de Toulouse-Lautrec n'avaient pas fait l'objet d'une exposition exclusive depuis des années. Bien entendu, on pouvait voir ses toiles à Albi et dans de nombreux musées mais là, il serait seul et une grande partie de ses œuvres, peinture, dessins, affiches, lithographies, seraient présentées au public. Curieusement, j'y pensais beaucoup plus que je n'aurais dû et, peu à peu, la date d'ouverture de l'exposition prenait l'allure d'un rendez-vous.

Trois semaines avant, j'ai été surprise de recevoir une invitation à l'avant-vernissage très privé de l'exposition ; une soirée parisienne réservée aux personnalités de la Réunion des Musées Nationaux, du Musée d'Albi, aux grands mécènes, aux journalistes très spécialisés, tous issus d'un univers auquel je n'appartenais aucunement.

Lorsque j'ai téléphoné pour donner ma réponse, la fille des Relations Publiques m'a répondu sur un ton de déférence et de satisfaction très surprenant, comme si mon acceptation était inespérée. Pendant les deux semaines qui ont précédé cette soirée, j'y ai pensé constamment, relu les ouvrages qu'Henri m'avait donnés, réexaminé les reproductions que je possédais. Je n'ai pas cessé de m'imprégner du sujet comme si je me préparais.

Le grand soir venu, élégante dans ma robe rouge et blanche, carton d'invitation en main, je me suis présentée à l'entrée du Grand Palais et là… je suis devenue quelqu'un d'autre.

A peine arrivée, j'ai été entourée, traitée avec une grande considération :

— Nous sommes si heureux de vous accueillir ! Comme vous le savez certainement, aucun membre de la famille n'a pu être présent mais nous croyons savoir que les liens de votre… arrière-grand-père, je crois ? étaient tels, que vous êtes sans doute, d'une certaine manière, la personne qui lui est la plus proche…

Le ton était donné.

Je me suis entendu répondre que oui, mon arrière-grand-père et lui étaient de grands amis qui s'étaient connus très jeunes au lycée et qu'avec Maurice Joyant, élève lui aussi et qui consacra la plus grande partie de sa vie à l'œuvre de son ami, ils restèrent toujours très liés.

J'étais donc là comme la presque représentante de l'artiste qu'on célébrait aujourd'hui et, bizarrement, ne me sentais nullement en situation d'imposture.

Avec les autres invités, plus prestigieux les uns que les autres, j'ai parcouru les salles, revu certaines des toiles qu'Henri et moi avions si souvent observées et commentées. Attentive, j'écoutais leurs avis et contre-avis, énoncés avec une assurance que n'aurait sans doute même pas eue le peintre lui-même !

Les tables du dîner qui suivit la visite avaient été dressées dans un petit salon qu'on aurait dit échappé de l'un de ses tableaux. Le décor, tout de velours rouge, doucement éclairé, aurait pu être celui d'un bordel chic du Paris des années 1880 ; y voir servir de l'absinthe et non du champagne ne m'aurait pas étonnée !

Toute la soirée, je fus plus qu'à la hauteur. C'était comme si tout ce que je savais – et ne savais pas – était restitué, non pas comme des données livresques ou même le témoignage d'une excellente connaissance du postimpressionnisme et de la société de l'époque mais comme le récit d'expériences vécues, fidèlement entretenues et transmises. Je rapportai des évènements, des anecdotes dont j'ignorais tout la veille, fis des commentaires sur le marché de l'art dans ces années-là.

Je n'hésitais pas à répondre à des questions sur la famille ni à évoquer des souvenirs racontés par mon grand-père qui les tenait lui-même de son père et de Maurice Joyant qui, tout de même, n'était mort qu'en 1930, ce qui avait laissé du temps aux amis pour se parler !

C'était comme si j'avais lu un prompteur ou porté une oreillette ; j'étais entièrement possédée par mon sujet, j'avais réponse à tout.

Le french cancan échevelé qui clôtura la soirée, me submergea d'émotion. Je crus entendre Henri : « Si j'étais une femme, ma petite, que j'aie ton âge et ton allure, c'est le cancan que je danserais, évidemment ! ».

La tête me tournait. Dépassée par moi-même, rompue de fatigue et d'émotion, je me suis levée pour partir. Comme aux autres invités, on me remit le catalogue de l'exposition puis un petit paquet très simple, enveloppé de kraft. L'hôtesse qui remettait les cadeaux, avait eu une hésitation, vérifié les noms et finalement trouvé le mien, un peu à part, au bout de la table. Elle me l'avait donné avec un sourire « Excusez-moi, il n'était pas avec les autres… »

Je me retrouvai sur le trottoir parisien et me surpris à murmurer :

« Tu dois être content mon vieux, on les a bien eus !! »

Pour ouvrir mon paquet, j'ai attendu d'être chez moi, sur mon balcon. Je me suis installée dans mon fauteuil de square puis, très lentement, j'ai déchiré le papier kraft et là, j'ai vu.

La petite toile représente une jeune femme rousse, assise dans un fauteuil sur un grand balcon. Au loin, se dessinent vaguement les tours de Notre-Dame. Au premier plan, on voit ses mains nues dont l'une porte une petite bague et les plis de sa jupe rouge vif et blanche, très simple. Ses cheveux sont relevés en chignon ; elle sourit à peine mais tout en elle est serein, elle semble profondément en paix avec quelqu'un qu'elle regarde attentivement mais qu'on ne voit pas.

La toile, le cadre, sont semblables à ceux que j'ai vus toute la soirée et à gauche, en bas, figurent clairement le T et le L entrelacés dans un cercle, suivi de la signature.

Au bas du cadre, une petite plaque indique :

Henri de Toulouse-Lautrec

Jeune femme au balcon (1893)

Je suis là, bouleversée. Je contemple le tableau, j'observe le visage de la jeune femme, mon cœur s'emballe, je manque d'air. Affolée, j'essaie de me souvenir mais non, jamais, jamais, dans aucun livre, nulle part, je n'ai vu cette toile !

Malgré la froideur de la nuit, je suis restée là des heures. Au petit matin, comme un enfant qui a peur du noir, j'ai allumé toutes les lumières puis je me suis glissée dans mon lit, sans même retirer ma robe rouge et blanche.

Pendant des jours, je fus incapable d'entreprendre quoi que ce soit, figée dans une extrême confusion, une sorte de sidération entre réel et virtuel, passé et présent, fantasme et réalité.

Enfin, je me décidai : je ne demandais pas à comprendre mais il fallait que je sache ; j'ai commencé mon enquête.

Au musée d'Orsay, j'ai lu et relu les ouvrages spécialisés puis je suis allée à Albi où j'ai passé plusieurs jours à parcourir les salles du musée. J'ai épluché les catalogues raisonnés ce qui n'est pas une mince affaire, enfin j'ai photographié mon tableau sous tous les angles et consulté deux experts de belle notoriété auxquels je servis une histoire plausible : j'étais tombée sur le tableau dans une galerie à Saïgon où il n'avait aucune raison de se trouver. Il m'avait si profondément intriguée que je l'avais acheté et ramené à Paris.

La conclusion fut sans appel. La toile était totalement inconnue, jamais répertoriée dans l'œuvre d'Henri de Toulouse-Lautrec.

— Vous savez, me dit l'un d'eux, les Chinois et les asiatiques en général sont passés maîtres en matière de copie de la peinture occidentale. Ils sont capables de s'approprier un style, une manière de faire et même de peindre des scènes qui n'ont jamais existé mais qui sont parfaitement vraisemblables. Les supports de toile, les cadres sont reproduits à l'identique, impeccablement. Indéniablement, ils savent faire et on peut vraiment s'y tromper !

Dans votre cas, Madame, je n'ai vu que des photos mais je suis formel :

ce tableau est un faux. Lautrec n'a jamais peint cette Jeune femme au balcon.

J'ai demandé pardon à Henri de mon incrédulité et lui ai fait remarquer que, pour m'obliger à bouleverser ma conception des choses, il avait quand même frappé fort !

Mais c'était l'évidence : il avait gagné.

J'ai donc accroché mon tableau là où je pouvais constamment l'avoir sous les yeux et m'en suis tenue à ma version asiatique. Que pouvais-je faire d'autre ?

Seuls, Henri et moi savons qu'il s'agit de tout autre chose, du secret immense de sa vie, de sa mort et de ce tableau dont il disait souvent :

« Si au moins j'avais une toute petite toile de lui… »

Et c'est à moi, finalement, qu'il l'a offerte.

De Philippe à Line

Ma Linette,

Quelle affaire, grands Dieux, quelle affaire !

C'est vrai qu'au début de la lecture (tu as eu bien raison de me préparer ça en tout papier), c'est le scepticisme qui dominait mais plus j'avançais, plus j'étais troublé. Ta scène de retour de l'enterrement d'Henri est glaçante ! Quant à celle de la soirée au Grand Palais, ce qui s'y est passé est hallucinant… sous réserve que tu n'en aies pas trop rajouté évidemment !

Il n'en demeure pas moins que le tableau est arrivé entre tes mains, pas n'importe où, pas n'importe quand mais comme issu de son expo ! Je t'imagine toute seule sur ton balcon en train de déballer la toile à une heure du matin ; il y avait de quoi basculer de la rambarde !

Tu es courageuse d'avoir gardé ça pour toi pendant si longtemps mais c'est vrai que si on n'a pas tous les éléments, ceux que tu m'as transmis, on pense plus à une farce qu'à un phénomène auquel il faut réfléchir.

Dis moi maintenant ce que tu attends de moi, comment je peux t'aider à avancer dans cette histoire d'outre-tombe. De toute façon, ce sera mieux d'être deux pour affronter tes fantômes.

Quand se voit-on ?

De Line à Philippe

Ouf, quel soulagement de te lire, j'avais peur que tu me prennes pour une allumée, bloquée depuis toutes ces années dans son mystère. Tu me dis bien vouloir le partager avec moi, c'est un vrai cadeau, merci !

C'est vrai que le moment où j'ai eu ce tableau entre les mains pour la première fois, a été vraiment difficile à vivre pour moi qui était jeune et un peu seule. Complètement déstabilisée, je ne pouvais en parler à personne.

Tu connais notre tante Elisa qui habitait la maison et dont j'étais très proche mais plus pragmatique et réaliste qu'elle, ça n'existe pas et jamais, je n'aurais pu envisager de lui parler de mes folles histoires de revenant.

Toi, à l'époque, tu vivais loin, mes amis auraient seulement pouffé de rire… J'ai tout gardé pour moi et le temps a passé.

Enfin avançons et parlons d'aujourd'hui.

Voici mon idée.

Cette toile dont, pour moi, il ne fait aucun doute qu'elle soit authentique, est accrochée depuis ce jour-là dans ma chambre, à l'endroit qui m'avait semblé le meilleur pour la lumière du jour, l'éclairage du soir et le regard que je voulais lui porter. C'est très bien mais jusqu'à quand ?

Je vieillis, plus vite que toi puisque près de dix ans nous séparent. Je n'ai pas d'enfant, plus de compagnon de vie et je crains par-dessus tout que, si personne ne sait quelle valeur j'attache à ce tableau, il soit balancé à la poubelle ou presque, lorsque je disparaitrai.

Un tableau « Dans le style de… », conservé par une vieille dame depuis des lustres : aucune raison de s'en préoccuper !

Le scénario est impensable pour moi ! Je veux que la toile soit expertisée, reconnue comme authentique et lorsque tout le parcours aura été fait et ce sera long, je le sais d'avance, la remettre au Musée d'Albi où elle a toute sa place.

Tout cela si Dieu me prête vie car cela me plairait tellement de la voir là-bas, reçue en grande pompe et mise en place avec les autres ! Je ne veux pas manquer ça !

C'est mon projet et j'ai besoin de toi.

Je parle d'expertise, de don au musée d'Albi, de choses tout à fait sensées au niveau des intentions mais je ne sais pas du tout comment procéder. Toi, si tu bosses un peu le sujet, tu le sauras.

Longtemps, tu as collaboré à Connaissance des Arts et à d'autres revues spécialisées. Tu connais le milieu infiniment mieux que moi et dois donc être capable d'interroger les bonnes personnes pour me donner très exactement la marche à suivre pour obtenir l'authentification de ma toile.

Ensuite, si tu veux bien, nous mènerons ça ensemble jusqu'au feu d'artifice final ! Pas mal, non ?

De Philippe à Line

Voilà, ma Line, j'ai les tuyaux, au moins ceux du démarrage.

En gros, voici le parcours : confier d'abord la toile à un expert, encore un mais hautement spécialisé, qui va examiner cette toile qu'à priori personne ne reconnaît. Il va l'étudier à fond et si elle l'intrigue, il consultera sans doute un ou deux autres confrères, eux aussi très spécialisés. Une toile inconnue qui surgit et qu'on suppose pouvoir être l'œuvre d'un très grand peintre, sème toujours le trouble chez les experts, les historiens de l'art, tout cet univers composé des personnes les plus hyper-qualifiées qui soit.

L'œil est primordial. Ils auront déjà une première impression étayée par leur expérience, leur compétence, leur connaissance des pigments, des supports, des cadres mais aussi de la circulation des toiles, des ventes etc.

S'ils pensent, au terme de cette première étape, qu'il peut s'agir d'une œuvre authentique, on pourra alors envisager de monter d'un cran avec l'examen technique de la toile dans un laboratoire spécialisé qui utilise les moyens d'analyses spectrographiques et autres techniques instrumentales. Le genre d'examens qui se pratiquent au laboratoire du Louvre par exemple depuis déjà longtemps lorsqu'on veut connaître tous les secrets d'une œuvre. Ceci, à condition que les frais très importants que ces examens exigent puissent être pris en charge par une institution, un musée, je ne sais pas qui mais certainement pas toi, ce ne serait pas dans tes moyens, d'autant qu'ensuite tu donnes la toile, tu ne la mets pas sur le marché !... Mais nous n'en sommes pas là !

Ne nous leurrons pas, ce sera long, compliqué, tout sera controversé et, pire que tout, le résultat final est extrêmement aléatoire ! Même si ta toile est la plus authentique de toutes celles d'Henri, rien n'est certain, rien de rien !

Il nous faudra donc être patients mais avant tout, il faut décider, toi et moi, de la version que nous allons présenter si, toutefois, tu décides de te lancer dans l'aventure. Hors de question, dans ce cas, de raconter ta vérité, les élucubrations du vieil Henri, la soirée d'ouverture de l'exposition au Grand Palais, le paquet kraft, toi sur le balcon etc...

Perdu d'avance ! Hors de question aussi de resservir le Vietnam qui condamnerait irrémédiablement la toile à conserver son statut de copie. Alors quoi ? Sans doute faudra-t-il opter pour une histoire très classique, la maison qu'on a dû débarrasser, un vide-grenier paumé dans une campagne loin du sud-ouest, une salle des ventes sans aucune notoriété et tout cela vécu il y a longtemps, afin d'éviter les vérifications !

Voyons-nous vite, la situation est excitante et il faut absolument arriver à rendre justice à notre ami le Comte qui a fait tant d'effort pour se manifester !!

De Philippe à Line

Comme convenu, j'irai seul à ce premier rendez-vous. J'ai bien en tête notre version de l'affaire qu'il faudra rigoureusement respecter si on ne veut pas se griller dès le départ !

La confirmation vient d'arriver et c'est jeudi, dans une semaine. Il faut évidemment que tu me confies la toile, quand puis-je passer la prendre ?

Haut les cœurs !

De Line à Philippe

Vient mercredi quand tu veux, je la prépare, c'est la première fois qu'elle me quitte !

L'aventure commence, merci.

Six ans plus tard
Paris, 2019

De Line à Philippe

Comment te remercier, mon cher petit frère, de m'avoir accompagnée et soutenue sans relâche dans mon entreprise de réhabilitation d'une toile transmise de l'au-delà !

Enfin, j'ai rendu justice au peintre lui-même mais aussi à son double, le Henri que j'ai connu et à la dame mystérieuse, assise sur son balcon depuis plus d'un siècle. Il ne faut pas l'oublier, c'est le personnage le plus important de l'histoire !

Tu as été témoin de mon émotion lorsque j'ai vu le portrait de l'inconnue, ma *Jeune femme au balcon*, accrochée dans cette belle salle voûtée du Palais de La Berbie, j'en avais rêvé, cela a été possible grâce à toi. Elle a sa place comme les autres acteurs de la vie de Lautrec, peut-être même davantage puisque nous ignorons tout d'elle et que lui en savait tout.

Moins sérieusement, je n'oublie pas que tu as été aussi le témoin du rire intérieur qui m'a secouée lors des remerciements et de l'évocation des surprises que peut réserver un vide-grenier de campagne !

En tous cas notre version a été un bon choix, s'ils savaient la vérité, rien n'aurait été possible !

Merci mon cher frère, de tout cœur merci, de notre part à tous, Lautrec, la belle inconnue, mon voisin Henri et moi.

Deux ans plus tard

Paris 2021

De Line à Philippe

Philippe, au secours !

Cette fois, me voici à nouveau happée par l'histoire du tableau et je devrais plutôt dire engluée, avalée, bientôt dissoute en elle.

J'ai peur. Je ne peux même pas te raconter ça au téléphone, je n'y arriverai pas, trop émue, trop effrayée, trop tout !

L'écrire est peut-être mieux, je vais essayer.

Tu as encore bien en mémoire évidemment, tout le parcours chaotique de l'authentification de la toile, les tergiversations, avis et contre-avis des experts, nos angoisses, nos espoirs, jusqu'à ce jour magnifique où j'ai pu l'offrir au Musée d'Albi et le voir accroché là où il devait être.

Mieux que je l'avais rêvé, ce fut un bonheur !

Cependant une question soulevée en permanence n'a jamais reçu l'ombre d'un début de réponse : qui est la femme dont Toulouse-Lautrec a fait le portrait, huit ans avant sa mort ? Un modèle inconnu ? Une maîtresse de passage ? Une prostituée ? On ne sait pas.

Aucun expert, aucun des spécialistes qui ont vu cette toile pour étudier un aspect ou un autre de son mystère, n'a avancé la moindre hypothèse. Etait-ce d'ailleurs si essentiel de le savoir ? Lautrec a croisé une multitude de femmes de tous genres, en a peint de nombreuses pour des raisons différentes : belles ou pas, souvent rousses mais avec, presque toujours, les traces laissées par une vie de misère ou de douleur. Toutes tristes, toutes sérieuses… sauf elle qui rayonne !

Donc on ne sait pas… ou plutôt on ne savait pas car, ne t'évanouis pas, je le sais, c'est une certitude, la femme c'est MOI !

Non, je ne reproduis pas le coup de la métempsychose du vieil Henri, j'en ai la preuve et maintenant je vais tout te raconter.

Un nouvel épisode s'est ajouté aux précédents… Et pas des moindres !

Il y a quelques jours, j'ai reçu une lettre du conservateur du Musée d'Albi qui raconte qu'un russe, Alexandre Korovine, un type de Saint-Pétersbourg, patron d'une galerie d'art, l'avait contacté et qu'ils s'étaient rencontrés. C'est une affaire familiale, tu vas voir.

Le russe, qui semble avoir suivi avec beaucoup d'attention l'affaire de l'authentification de la *Jeune femme au balcon,* lui apprend, qu'assez récemment, il a eu entre les mains un livre écrit par son arrière-grand-père, Ivan Korovine, peintre et voyageur assez fortuné, semble-t-il, qui, dans les années 1920 ou 25, a fait un long séjour à Paris.

Ce livre de voyage dont il n'avait jamais eu connaissance jusqu'alors, rapporte avec force détails les rencontres qu'il a faites à Paris, ses visites à la galerie Durand-Ruel et surtout sa rencontre avec Matisse. Très vite, ils avaient noué des liens d'amitié. Le peintre le reçoit à son atelier, lui vend peut-être quelques toiles, on ne sait pas. Il est très intéressé qu'Ivan lui parle de la nouvelle Russie, cette Union Soviétique dont il ne connaît pas grand-chose depuis que la révolution est passée par là. Apparemment le pays est déjà très différent de celui qu'il a connu en 1911, année où Matisse a passé plusieurs mois à Moscou dans des conditions particulières parce qu'invité chez un grand amateur de peinture française, richissime, qui achetait en grand nombre des toiles impressionnistes et post-impressionnistes.

Ce collectionneur n'était autre que Sergueï Chtchoukine dont on a beaucoup parlé, un siècle plus tard, lorsqu'une grande partie de sa collection a été présentée à la Fondation Vuitton à Paris. Rappelle-toi, nous l'avons vue ensemble, elle était somptueuse.

Matisse et lui se sont connus à Paris. Sergueï est fou de sa peinture et lui achètera de nombreuses toiles dont il lui demandera de diriger l'accrochage, au palais Trubetskoy, sa résidence de Moscou. Matisse va y passer plusieurs mois, les deux hommes deviennent intimes, ont de longues conversations.

Un jour, Sergueï, qui aime évoquer ses rencontres avec les peintres français, lui raconte que lors de l'une de ses premières visites à Paris, il a fait la connaissance d'Henri de Toulouse-Lautrec dans un cabaret à Montmartre. Toute la soirée, ils ont bu, encore et encore, à la russe, à la française !

Bien qu'amis de quelques heures seulement, ils se font des confidences et Lautrec, des larmes dans les yeux, lui avoue qu'il est amoureux fou d'une jeune femme d'excellente famille, un coup de foudre fulgurant. Leur rencontre a été follement romantique, dans un train, un jour d'été ; en cinq minutes, il avait compris que c'était la femme de sa vie, son grand, son unique amour !

Elle est jeune, elle est belle, aristocrate mais, lui dit-il, jamais elle ne pourra devenir Comtesse de Toulouse-Lautrec, lui n'est qu'un avorton, laid, indigne d'une femme comme elle !... Déjà miraculeux qu'ils aient été amis !

Zéline de Lastelle vit à Madagascar et c'est au cours de son premier séjour dans sa famille en France, qu'ils se sont rencontrés. A Paris, il la verra souvent, fera son portrait puis, un jour, elle disparaît, repartie pour le bout du monde, perdue à jamais.

Il ne pourra pas l'oublier, pensera à elle tous les jours de sa vie.

Chtchoukine, ému par le récit et collectionneur méticuleux, avait noté le nom de la jeune fille quelque part et Matisse qui a écouté cette histoire romanesque, l'a retenue peut-être parce que le nom de cette famille française implantée à Madagascar ne lui était pas inconnu. Ainsi. transmis d'une mémoire à une autre, le nom de Zéline de Lastelle ne bascule pas dans l'oubli !

Après ces quelques mois à Moscou, Matisse rentre à Paris mais n'en saura jamais davantage ; Lautrec est mort depuis longtemps déjà.

Serguei Chtchoukine, lui, a acheté vers 1900 semble-t-il, la toile de Lautrec « *Femmes à la fenêtre* » et aussi je ne sais pas quand, cette femme si triste devant son verre pour laquelle Suzanne Valadon a certainement posé. Nous les avions vues, tu t'en souviens sans doute. De quand date exactement la rencontre entre Serguei et Lautrec, je ne sais pas, ce qui compte c'est ce qu'ils se sont dit !

La chaine est construite : Serguei Chtchoukine, Matisse, le voyageur russe, son arrière-petit-fils aujourd'hui. Un peu longue mais, miracle, tous les éléments essentiels y sont : une toile peinte par Toulouse-Lautrec en 1893, une jeune femme rousse sur un balcon pas loin de Notre-Dame, une robe rouge et blanche, tout cela dans une histoire racontée, un soir de soûlerie, par un peintre amoureux à un russe inconnu mais sentimental.

Enfin j'arrive à la conclusion, inouïe, folle !! Tu sais comment je m'appelle moi, ta Linette ?

Mon prénom, le vrai, celui de mon acte de naissance ? C'est Zéline. Oui, Zéline, tu as bien lu ! Je ne sais même pas si tu as jamais su que ta sœur portait ce prénom insolite, incompréhensiblement choisi pour une petite fille née au milieu du 20ème siècle : Zéline.

Line, c'est le diminutif utilisé pour moi, toujours et partout, par tout le monde mais, le fait est là, je ne m'appelle pas Line.

Et tout est là. Tu te souviens de mes cheveux avant qu'ils ne grisonnent ? Roux, un joli roux chaud qui allait si bien avec la robe rouge et blanche que je portais le soir où le tableau a surgi et où je me suis assise sur ce balcon du quai d'Orléans avec vue sur les tours de Notre Dame ! Tu le connais aussi bien que moi…

Je n'y prêtais pas attention mais combien de fois m'a-t-on dit que je ressemblais à la femme du portrait !

Même une fois, c'est ton petit fils qui a pilé net devant la toile :

— Linette, c'est toi, la dame ?

Les enfants très jeunes voient tout, on le sait!

Philippe, je suis maintenant aussi certaine que l'était le vieil Henri. Il savait qui il était, je sais qui je suis.

Qu'est ce que je vais faire avec ça ? Je te le demande.

De Philippe à Line

Ma sœur chérie, Zéline ou pas,

Je comprends ton émotion mais rien, tu ne feras rien. Jamais.

Je lis ton récit mais je connais le dossier à fond et vais formuler trois hypothèses.

La première : il n'existe dans cette histoire, rien d'autre qu'une accumulation de coïncidences, d'évènements, de récits rapportés, qui enfièvrent l'imagination et je reconnais volontiers qu'il y de quoi, d'autant que le tableau a été authentifié !

Démystifions toute l'affaire et regardons les choses autrement en admettant que ton voisin n'était pas plus Lautrec que je ne suis Louis XV.

Il avait indubitablement une très grande connaissance de sa vie et de son œuvre et n'oublie pas qu'il était comédien, talentueux comédien jamais plus à l'aise que dans un rôle à sa mesure. Il va jouer auprès de toi celui du peintre réincarné, un rôle qu'il te réserve, tu es son seul public. C'est le dernier rôle de sa vie, il doit y être excellent et il va l'être puisqu'il te convainc.

N'oublie pas aussi que c'est un séducteur et que tu représentes la dernière conquête de sa vie. Platonique d'accord mais conquête tout de même !

Après sa mort, il y a évidemment l'incroyable soirée au Grand Palais, le soir du vernissage mais si on la démonte et qu'on la met à plat, on peut y voir un autre scénario. On t'a pris pour quelqu'un d'autre, tu y as été invitée par erreur ou parce que quelqu'un l'a demandé au commissaire-ami en insistant parce qu'il connaissait ton intérêt pour le peintre ou bien c'est Henri lui-même qui, dans les derniers mois de sa vie a très bien pu savoir qu'il y aurait une exposition en 1992 et demandé qu'on t'invite en te présentant comme de la famille !

Il avait beaucoup de relations et en aurait été tout à fait capable. Un plaisir qu'il t'aurait offert s'il avait été encore vivant et une sorte de clin d'œil s'il mourait avant la date de l'exposition ; tout à fait son genre de plaisanterie !

Toi, stupéfaite d'être conviée, tu t'es préparée, tu es conditionnée et tu vas jouer magnifiquement ton rôle parce que tu es intelligente et que tu connais bien le sujet. Peu importe si, dans l'ambiance fin de siècle, tu inventes des détails personnels, personne n'était là pour vérifier !

Tu joues donc ta partition à fond et tu y prends d'ailleurs certainement un plaisir fou, je te connais !

Tout va bien jusqu'à ton départ du musée où on te remet ce tableau.

C'est là le seul fait assez inexplicable de toute cette histoire mais continuons les suppositions.

Peut-on imaginer que, dans l'ambiance survoltée d'un soir d'ouverture d'exposition, puisse se produire, même dans un grand musée national au XXème siècle, une erreur inouïe ? Une toile portée à la dernière minute qu'on pose là où elle ne devrait pas être, qui disparaît parce que tu l'emportes et dont ceux qui ont fait l'erreur n'oseront jamais parler ? Est-ce concevable qu'ensuite, rien ne transpire à cause des assurances, de l'origine de la toile ou de Dieu sait quoi ? Impossible de savoir!

Les années passent avant que tu la ramènes à la surface et là encore, personne ne la réclame. Est-ce imaginable ? Je ne suis pas assez spécialiste pour répondre mais pour moi l'apparition du tableau, si incroyable soit-elle, peut aussi s'expliquer par une accumulation de négligences et de hasards purement humains, inavouables, exceptionnels.

Retour alors à la normalité, aux histoires de terriens !

Seconde hypothèse : tu t'appuies sur le seul récit d'un russe inconnu et les russes sont souvent menteurs, c'est bien connu. Il a peut-être appris que tu t'appelles Zéline, ce qui n'est pas bien compliqué avec tous les sites de généalogie proposés par Internet et a bâti cette histoire romanesque parce qu'il a de l'imagination et s'ennuie au fond de sa galerie.

Cela lui donne l'occasion de devenir un acteur de l'histoire du tableau français inconnu, d'être reçu par le conservateur à Albi, voire de te rencontrer.

Est-ce que quelqu'un a vu le livre de l'arrière-grand-père ? Quelqu'un d'autre a-t-il jamais eu vent de cette histoire ? Non, personne, jamais ! Existe-il un seul livre parmi tous ceux qui ont été consacrés au peintre qui fait allusion à cette histoire d'amour ? Non aucun, zéro témoignage, rien.

Ce témoin surgi en dernière minute peut n'être qu'un fabulateur !

Auquel cas, fin du mystère, au moins pour ce qui te concerne.

Enfin la troisième : tout s'est déroulé comme tu le racontes et tu as ta place au cœur de cette histoire d'amour si étrange.

Tant mieux, tu es alors une privilégiée, quelqu'un de choisi.

En admettant que le vieil Henri, ton voisin, soit vraiment Lautrec et qu'il t'ait fait passer son tableau de là où il est, c'est plutôt réconfortant parce que ça prouve qu'il y a un après et qu'on peut y rester actif !

Si sa Zéline est quelque part en toi, nous n'avons plus qu'à accepter cela sans réserve puisqu'il t'aura été donné de pouvoir aborder le plus grand des mystères, celui d'un éventuel et éternel recommencement, celui de vies successives dont nous tous, humbles terriens mortels, n'avons aucune connaissance.

Personne ne saura jamais pourquoi cela t'est arrivé à toi et pourquoi c'est seulement dans ton grand âge (excuse-moi !) que tu apprends cela. Cette histoire, tu l'as assumée et il te faut la continuer puisqu'elle est devenue aussi la tienne. Elle a seulement aujourd'hui un autre éclairage, tout aussi bizarre mais pas plus ; elle est dans la continuité.

N'oublie pas aussi que tu as eu le privilège insensé d'avoir un Toulouse-Lautrec authentique accroché dans ta chambre pendant des années et que ce n'est pas donné à tout le monde ! Une toile que le peintre lui-même t'aurait offerte. Non, je ne me moque pas, je t'envie.

Si tu veux bien et puisque tu m'as mis dans la confidence, nous allons refermer le dossier.

Il faut respecter les rêves qu'on a construit, les projets qu'on a menés à terme et laisser en paix les artistes et les belles disparues.

Toi, tu es bien vivante, réjouis-toi des années que tu as encore à vivre. Ensuite tu verras ce qui se passe et, si tu rejoins ces deux-là avant moi, je t'en prie débrouille-toi pour me faire un petit signe.

Je comprendrai.

Bibliographie

Ouvrages consultés :

Herbert Schimmel : *Toulouse Lautrec – Correspondance –* 1992 Ed Gallimard

Danièle Devynck : *Toulouse Lautrec* – 2003 Ed Jean-Paul Gisserot

Danièle Devynck : *Toulouse-Lautrec* : Profils de l'Art-Chêne

Thadée Natanson : *Un Henri de Toulouse-Lautrec* – 1952 Ed Cailler-Genève

Maurice Joyant : *Henri de Toulouse-Lautrec* – (1926) 2019 Ed de Paris

Maurice Joyant : *La cuisine de Monsieur Momo, célibataire* – (1930) 2011
Ed Menufretin

Ph. Huisman-M.G Dortu : *Lautrec par Lautrec* – 1964 Ed Edita

Henri Perruchot : *Toulouse-Lautrec* – 1958 Ed Rencontre Lausanne

Claire et José Frèches : *Toulouse-Lautrec-Les lumières de la nuit* : Découvertes Gallimard/RMN

Madeleine Hours : *Les secrets des chefs-d'œuvre* – 1964 Robert Laffont

Ambroise Vollard : *Souvenirs d'un marchand de tableaux* – (1939) 1989
Ed Albin Michel
Ambroise Vollard : *En écoutant Cézanne, Degas, Renoir* – 2003 Ed Grasset
Mathias Arnold : *Henri de Toulouse-Lautrec-Le théâtre de la vie* – 2016 Ed Taschen
Pierre Assouline : *Grâce lui soit rendue (P. Durand-Ruel)* – 2004 Folio
RMN : *Le temps-Toulouse Lautrec :* Textuel
Gilles Néret : *Le Paris de Toulouse Lautrec* – Guide Paris/ Musée d'OrsayManet :
Ingo F. Walther : *Gauguin* – Ed Taschen
Dominique Bona : *Berthe Morizot* -2002 Poche
Dominique Bona : *Deux sœurs* – 2013 Ed Grasset/Fasquelle
Dominique Bona : *Mes vies secrètes* – 2019 Ed Gallimard
Sophie Chauveau : *Manet Le secret* – 2016 Folio
Bruno Delarue : *Toulouse-Lautrec à Paris* – 2003 Ed Terre en vue
Sylvain Smague : *Toulouse-Lautrec en vacances* – 2014 Ed L'Horizon chimérique
Evane Hanska : *La romance de la Goulue* – 1989 Poche
Jeanne Champion : *Suzanne Valadon* – 1984 Ed Presses de la Renaissance
Jean-Marie Rouart : *Une famille dans l'impressionnisme* – 2016 Ed Gallimard
Michel Bernard : *Deux remords de Claude Monet* 2016 Ed La table Ronde
Jean Biret : *La vie de Toulouse-Lautrec* – 1985 BD Daniel Briand/Robert Laffont

Musée Albi : *Toulouse-Lautrec – Album photographies –* 2013

Paroles d'artistes : *Toulouse-Lautrec -2019*

Pierre Mac Orlan : *Toulouse-Lautrec, peintre de la lumière froide* – 1991

Ed Complexe

Marianne Leclerc : *Des femmes dans l'impressionnisme –* 2016 Ed Nane Editions

Martini-Sivel-Michelson : *L'Impressionnisme – le 19eme siècle* – Hachette

Van Gogh : Skira

Van Gogh : *lettres à son frère* – Ed Les cahiers rouges Grasset

Natalia Semenova – André Delocque : *Chtchoukine Le patron de l'art moderne* 2016

Fondation L.Vuitton : Icones de l'Art Moderne – Gallimard

Michel Pruche de Lastelle : *Napoléon de Lastelle, Prince de Madagascar* : 2011
Ed Orphie

Revues *:*

Monet Collectionneur : Connaissance des arts

Mary Cassatt : Connaissance des arts

Le Musée Toulouse-Lautrec Albi : Connaissance des arts

Berthe Morizot au Musée d'Orsay : Télérama Hors Série

Toulouse Lautrec – 2012 Revue Dada

Madagascar Beaux Arts

Catalogue Exposition Grand Palais 1992

Catalogue Exposition Grand Palais 2019

Catalogue Exposition *L'art du Pastel* Petit Palais 2017

FILMS

Lautrec : Roger Planchon, 1998
Moulin rouge : John Huston, 1952.
French Cancan : Jean Renoir 1955

Documentaires :
Vivre et peindre à en mourir
Toulouse-Lautrec l'insaisissable

Remerciements

Le personnage de Zéline m'a été inspiré par l'histoire de la famille de Lastelle, à Madagascar.

Merci à ma cousine Annick Clavier dont la grand-mère était Marie-Sylvie de Lastelle, de m'avoir permis d'utiliser le patronyme et certains évènements de l'histoire de sa famille.

Merci à mon ami Bernard pour la conception de la couverture.

Très sincèrement merci à Nicole Cabassu qui sait tout et aussi à Brigitte Foraz, Jacqueline Mer, Isabelle Boutron, Philippe Guittard dont le regard et la réflexion m'ont aidée.

Merci aux amis proches qui m'ont donné leurs premières impressions de lecteurs.

Achevé d'imprimer chez SoBook le 25-09-2021

Linselles - France

N° impression : 724 481